Leah Cim

SOFTSPANKING V

Neun neue Geschichten über geheime Träume

Bibliografische Information der Deutschen Nationalbibliothek: Die Deutsche Nationalbibliothek verzeichnet
diese Publikation in der Deutschen Nationalbibliografie;
detaillierte bibliografische Daten sind im Internet unter
http://dnb.dnb.de abrufbar.

Umschlaggestaltung, Herstellung und Verlag:
BoD – Books on Demand, Norderstedt
© 2024 Leah Cim
ISBN: 978-3-7597-4372-5

Inhaltsverzeichnis

Rita, die Brücke

Jedes Liebespaar darf seine Spiele spielen, wie es will, sofern sie beiden Spaß bereiten. Ich glaube nicht, dass die eine oder andere Spankingeinlage als pervers zu bezeichnen ist. Ganz gerecht wären sie, wenn beide in gleichem Maß Server und Delinquent beziehungsweise Delinquentin stellen.

Zu Beginn hatten wir, Frowin und ich, Rita, das auch so gehalten. Bald stellte ich aber fest, dass ein Männerhintern so gar keine erotische Anregung bietet, während meiner immer wieder Anlass zu Lob gibt, wie wunderbar er federt und wackelt. Ich gebe zu, dass er genau richtig gepolstert ist, nicht wabbelig, aber auch alles andere als flach.

Manchmal fallen wir nach einer längeren Trennung – und mehrere Bürostunden empfinden wir als lang – ohne Federlesens im Flur übereinander her; mit Mühe schaffen wir es, die Flurtür zuzukicken.

Nach einer gewissen Zeit, wenn unser drängendstes Verlangen gestillt ist, geraten wir in ruhigeres Fahrwasser und überlegen uns, wie wir uns auf raffiniertere Weise gegenseitig aufgeilen könnten. Nach Lutschen, partnerschaftlichem Handbetrieb, Selbstbefriedigung vor den Augen der und des anderen, Benutzen von Vibratoren und Urinieren in die Badehose mit anschließendem Wichsen kamen wir bald darauf, wie erregend das Klatschen einer Hand auf Leder, Latex oder Haut klingt.

Es bedurfte einiger Zeit, bis wir die ideale Anordnung gefunden hatten. Da unsere Anstrengungen durch möglichst zahlreiche Orgasmen gekrönt werden sollten, verzichteten wir darauf, unsere Wohnzimmermöbel zu besudeln. Wir beschafften uns für unseren Fitnessraum eine hölzerne Liege und für die Seite, der ich mein Gesicht zuwende, einen Standspiegel. Über die Liege legen wir ein großes Handtuch, das bequemes Sitzen ermöglicht. Seltsamerweise stellte es sich heraus, dass es unserer Erregung guttut, wenn wir immer dasselbe benutzen. Es ist ein schön flauschiges mit grell orangefarbenem Sonnenaufgangsmotiv. Wir waschen es keineswegs nach jedem Durchgang, sondern empfinden es als lustvoll, wenn sich Frowin in den Überbleibseln des vorigen niederlässt.

Mich über die Konstruktion zu bücken passt nicht, denn sie ist zu niedrig, um Handfläche und Po zu synchronisieren. Einige Male hatte ich mich auf sie gekniet, aber so richtig machte das weder mich noch Frowin an. So blieb, dass er sich auf das Ficktuch setzt und ich eine Brücke über seinem Schoß baue. Das heißt, ich kniee nieder und meine Oberschenkel bilden den einen Pfeiler, mein Oberkörper sozusagen die Fahrbahn und meine Arme den anderen Pfeiler. Meine Unterschenkel bleiben arbeitslos, aber meine Handgelenke, die als Stützen dienen, sind recht stark belastet. Ich bitte auch Frowin, zum Abschluss zu finden, wenn sie sich zu verkrampfen drohen und nicht, weil ich der Hiebe überdrüssig bin. Um die Reaktion auf seine Behandlung im Spiegel betrachten zu können, muss ich meinen Kopf hochstrecken, aber dazu bin ich nicht unablässig gezwungen; will ich meinen Nacken entspannen, lasse ich ihn eine Weile hängen.

Zum Ablauf gibt es mehrere Möglichkeiten. Meistens ziehe ich ein luftiges Kleid ohne 'was drunter an. Es ist wie das Ficktuch immer dasselbe, ein violettes mit großen gelben Sonnen darauf, dem ich den Spitznamen – wen wundert es? – Klatschfähnchen verpasste. Auch auf dessen Stoff finden sich vertrocknete Spuren gesammelter Austauschaktivitäten unserer Körperflüssigkeiten, denn ich wasche es nicht.

In seltenen Fällen haut Frowin direkt da drauf. Meistens schiebt er es jedoch über meine Hüfte, damit meine glänzenden Schinken seiner rechten Hand entgegenfiebern. Die verbleibt während des Vorgeplänkels in Tuchfühlung mit meiner rechten Backe. Seine wunderbar warme linke umfasst meine Taille und liebkost ein bisschen die Weichteile, bestreicht dann zärtlich meine Rückfront – die ‚Fahrbahn' – und verirrt sich, oben angekommen, auf meine Unterseite, um die linke Brust zu knuddeln. Mein Kleid ist weit genug geschnitten, dass es ihr frei zu hängen Raum gewährt. Die Streichel- und Knuddeleinheiten wiederholt er übrigens in den Spankingpausen, die er zur Erholung meiner malträtierten mittleren Etage immer wieder einlegt, während er beruhigend auf mich einredet.

Zögernd holt er zu seinem ersten Klaps aus. Dieser erste, den er wie die nächsten neun wohlweislich recht sachte ausfallen lässt, ist immer der magischste. Ich atme wie erschrocken heftig ein, aber nicht vor Ärger oder Pein, sondern vor Wohlbefinden.

Die Anwärmphase entlockt meinem Gesicht ein seliges Lächeln. Ich gehe davon aus, dass danach mein Hintern kaum sichtbar gerötet ist, und empfinde auch nicht mehr als ein anregendes Kribbeln auf der Haut.

Bis zum ersten richtigen Schlag lässt Frowin einige Sekunden vergehen, manchmal so viele, dass ich ungeduldig werde. Er schafft ihn aber immer, bevor ich meine Ungeduld in Worte kleide. Dann, endlich, ein heftiges Klatschen und das erste Zusammenzucken meiner Gesichtszüge. Das lasse ich mir nicht entgehen und bereitet mir so viel Vergnügen, dass ich es mit einem heftigen Lacher quittiere. Jetzt sollte der erste richtig dunkle Fleck sichtbar sein. Den sähe ich gern, aber wir unterbrechen den Fortgang nicht mehr, nachdem er einmal begonnen hat. Den roten Fleck und die sich immer weiter steigernde flächendeckende Rötung bewundern zu dürfen ist Frowins Privileg. Ich muss mit dem Anblick meines Mienenspiels Vorlieb nehmen, das im Lauf der Zeit immerhin recht sehenswert wird.

Frowin ist ein Künstler. In wohldosiertem Wechsel folgen richtig festen Treffern sanfte Einheiten, aber in keineswegs vorhersehbarem Rhythmus. Häufig folgt zwei Sanften ein Heftiger, etwa im Takt patsch – patsch – PATSCH! Manchmal gefällt ihm aber auch, drei Ernstgemeinte nacheinander auf dieselbe Backe zu platzieren, was mich zum Zähne Zusammenbeißen veranlasst. Den Rekord bildeten einmal sieben am Stück auf die rechte, die ihm als Rechtshänder natürlich besser liegt. Daraufhin bat ich ihn, die verhornte Schicht wieder geschmeidig zu streicheln, was er als Kavalier selbstverständlich auch tat.

Ich habe mir ausbedungen, dass er – neben den oben geschilderten Zeitlücken für die erotischen Einlagen seiner linken Hand – immer einmal wieder innehält, um die Landeflächen zu tätscheln, zu kneten und ob ihrer Nehmerqualitäten zu loben. Das törnt mich dermaßen an, dass ich manchmal ohne Handeingriff komme. Frowin bleibt das nicht verborgen und wenn er merkt, dass ich soweit bin, verändert er sein genussvolles Bimmelbahntempo in ein Stakkato, sodass ich mich winde und schreie. Wenn ich zu keuchen anfange, steigert er die Frequenz weiter, aber wenn sich mein Keuchen in ein Schnaufen und Schnurren verwandelt, wandelt auch er die Intensität seiner Schläge zu einer kaum mehr merkbaren Berührung. Sobald ich mich bedanke und Anstalten mache, mich zu erheben, gibt er mich frei und das Spanking ist beendet. Natürlich biete ich ihm im Anschluss unverzüglich meinen verwüsteten verlängerten Rücken an, indem ich mich mit gespreizten Oberschenkeln auf die Liege kniee und ihm Einlass in mein feuchtes Paradies gewähre. Selbst wenn ihm zwischendurch die Spannung seiner fünften Extremität einen Streich spielt und sich unprogrammgemäß entlädt, ist meine glühende Kehrseite für besagte Extremität Stimulation genug, sich nochmals auf ihre Stärken zu besinnen und meine Lustgrotte mit einem Schwall kühler Samenflüssigkeit zu überschwemmen. Das empfinde ich als so herrlich, dass es mich mindestens ein weiteres Mal durchschüttelt. Wie bereits angedeutet läuft dieser Akt nicht aseptisch ab und dem Ficktuch wird dank meiner Bückstellung sein Anteil daran ausgezahlt. Je nachdem, wieviel von dem Zeug wieder aus mir herausrinnt, sogar eine beträchtliche Menge.

Was davon an den Innenseiten meiner Schenkel hinabläuft, belasse ich mit Bedacht und Genuss dort. Ich liebe klebrige Schenkel und Frowin bringt es sogar fertig, sie sauber zu lecken. Großartiger geht's nicht und ich nutze den Vorgang, meiner Muschi im Handbetrieb zu einem weiteren Juckreiz zu verhelfen. Manchmal trinke ich im Anschluss einige Bier, bis sich meine Blase meldet. Dann entledige ich mich des Kleids, ziehe mein Bikinihöschen an, stelle mich wie weiland der Koloss von Rhodos in die Badewanne und lasse laufen. Bei genügendem Druck schaffe ich sogar einen ballistischen Strahl. Frowin schaut dabei zu und auch, wie ich nach dem Urinieren an dem durchnässten Stoff reibe, um innere Wallungen zu erzeugen, die in meiner Miene an leichten Grimassen ablesbar sind. Dann platziert er seine Finger an denselben sensitiven Bereich und verschafft mir den weiß-ich-wievielten Anschlussorgasmus. Mir ist, glaube ich, keine Obergrenze gesetzt.

Manchmal möchte er auch, dass ich das Höschen hinabrutschen lasse, und geht mir mit seinem sorgfältig manikürten Mittelfinger ins Eingemachte. Merkwürdigerweise bereitet das Männern so viel Spaß, dass es ihnen und auch Frowin nochmal einen Aufsteller verschafft. Wenn es soweit ist, kniee ich mich hin und er spritzt seine Restbrühe in die Spalte zwischen meinen Brüsten. Das empfinde ich wiederum als lustvoll, während mich der Finger in meiner Grotte weniger anmacht. Was soll's, verderbte Rita, lass' ihm den Spaß.

●

Ich deutete Varianten an. Ein Spankingrock ist entweder aus Latex oder Leder und umspannt ein weibliches Becken dermaßen straff, dass es Kraftanstrengung erfordert, ihn hochzuschieben. Ich besitze einen roten aus Latex und einen schwarzen aus Leder. Ich könnte ebenso gut eng sitzende Jeans anziehen, aber ich möchte Alltag und Sexspiele auch durch mein Outfit unterscheiden. Zwischen dem roten und dem schwarzen Hau-drauf-Fummel unterscheide ich allerdings nicht.

In der beschriebenen Brückenstellung sind sie so prall mit Frauenpolster gefüllt, dass hemmungsloser Handbetrieb Schallschutz erfordert. Der Fitnessraum befindet sich zum Glück im Keller unseres Einfamilienhauses, sodass wir mit keiner Klage wegen Ruhestörung zu rechnen brauchen. Ein Grinsen ringt mir ab, dass bei dieser Variante Frowin die Handfläche eher weh tut als meine Handgelenke protestieren, sodass er es ist, der von sich aus Schluss macht. Was mich dabei antörnt, ist das laute Klatschgeräusch irgendwo hinter mir. Eine Zuordnung, dass es mein eigener Po ist, der malträtiert wird, gelingt mir indes nicht. Ich spüre zwar etwas, aber nichts, das mit Spanking zu tun hat.

Um die teuren Stücke nicht umsonst gekauft zu haben, beschlossen wir, es mit dem Langweiler Über-den-Schreibtisch-Bücken zu versuchen. Um der Sache etwas Pep zu verleihen, gestattete ich Frowin, mich mit Hilfsmitteln wie Lineal, Fliegenklatsche oder Haarbürste zu behandeln. Sorgfältig prüfte ich, wie sich die einzelnen Accessoires machten. Das Lineal zog, die Fliegenklatsche pfiff und die Haarbürste knallte am besten. Die intensivsten Schmerzen bereitete mir die Haarbürste, sodass ich Frowin veranlasse, möglichst nach ihr zu greifen, wenn der Missbrauch des Schreibtischs wieder einmal ansteht. Das hatte durchaus etwas, aber so richtig …

Vor allem der Kraftaufwand, mich hinterher unten herum freizumachen, baut einen Gutteil der Erregung vorzeitig wieder ab.

●

Wir kennen ein Ehepaar, mit dem wir uns schließlich so gut anfreundeten, dass wir auch auf intimere Themen zu sprechen kamen. So stellten wir nach tastenden Gesprächen fest, dass Jacqueline und Reiner von denselben Gelüsten getrieben werden wie wir. Folglich verabredeten wir eine lustige Party in unserem Fitnessraum.

Ganz zu Beginn deutete ich an, dass wir auch Vergnügungen abseits des Spankens frönen. So genießen wir gern die 69er Stellung, in der wir unsere Zungen gleichzeitig zum Einsatz bringen. Manchmal habe ich auch Lust, mich einfach vor Frowin hinzuknien, ihm die Hose zu öffnen, sein bestes Stück hervorzuholen und es per Mund-zu-Dings-Beatmung zum Erguss zu bringen. Gern schlucke ich dann das klebrige Gebräu hinunter, denn, so merkwürdig das klingen mag, es schmeckt mir. Er hat sich bisher gegen keinen Spontanlutscher zur Wehr gesetzt.

Jacqueline macht keinen Hehl daraus, dass es ihr genauso geht. Auch beide Männer empfinden lutschen als akzeptable Abwechslung, wobei die Menge unserer ausgelösten Vaginaflüssigkeit mit der ihrer Hodeninhalte nicht zu vergleichen ist. So fiel uns bald nach Beginn der anberaumten Party ein Verwendungszweck für die Spankingröcke ein. Da Jacqueline ungefähr die gleiche Figur wie ich zu bieten hat, spannte sich jede einen um. Dann begann der Ringelrein.

Zunächst setzte sich Reiner auf die Pritsche, ich drapierte mich in gewohnter Weise über seinen Schoß und Frowin kniete sich vor mein Gesicht, um von meinem zweiten Lustspender gemolken zu werden. Während mir Reiner ausgiebig den Hintern versohlte, zogen meine Mundwerkzeuge alle Register. Dazu gehörte auch, hin und wieder abzulassen, damit das Vergnügen nicht allzu schnell sein Ende findet. Mehr als ein halbes Dutzend Ansätze sind dabei nicht zu empfehlen, sonst erschlafft dem Typ alles und er wird um den verdienten Höhepunkt betrogen. Ich bin ganz gut im Dosieren geübt und als Frowin laut stöhnte, war es an der Zeit, ihn zum Orgasmus zu bringen. Ich rekapitulierte die Erfahrung mit Wohlwollen. Gleichzeitig gespankt zu werden und einem Mann zu seinem Abgang zu verhelfen ist galaktischer als ich es mir in meinen kühnsten Träumen ausgemalt hatte. Nichtsdestoweniger hatte es bis zu einem weiblichen Abgang – meinem – nicht gereicht.

Dann wechselten wir die Plätze. Frowin nahm seinen üblichen ein, die bis jetzt arbeitslose Jacqueline spielte seine Delinquentin und ihr Gatte machte sich bereit, ihr seinen Samen zu spenden. Ich hoffte, dass auch Jacqueline wusste, wie ein erigierter Penis bestmöglich zu behandeln sei, und setzte mich auf einen Stuhl, um zuzusehen, die was Männer bis eben mit mir veranstaltet hatten.

Ich hätte nie für möglich gehalten, welche Seelenmassage der Anblick einer anderen Frau hergibt, die ihren Arsch vollgehauen kriegt. Ich weiß ja, dass Leder das meiste der kinetischen Energie abfängt, die die Männer aufzubringen sich abmühen, aber Optik und Akustik der ausholenden und unmittelbar darauf auftreffenden Hand sind wirklich atemberaubend. Jacquelines Empfindungen waren schwer zu interpretieren, denn sie hatte wie ausgemacht den Mund voll. Ich hatte aber den Eindruck, dass auch sie sich wohl fühlte. Das bestätigte sie auch, als Frowin ihren Körper freigab, nachdem sie Reiners Hoden gekonnt leergesogen hatte. Auch sie ist ein Profi.

Da mit den Kerlen für heute nichts mehr anzufangen war, wir Frauen aber auch unseren Tribut einforderten, blieb ihnen nichts anderes übrig, als dass sie sich der Mühe von Zungenarbeit unterwarfen. Zu diesem Zweck wischte ich die Liege sauber, holte ein sauberes Handtuch aus dem Schrank und wies Frowin an, sich mit dem Rücken darauf zu platzieren. Da wir mit unseren spärlichen Beckenhüllen heiß aussahen, behielten wir sie an, entledigten uns aber unserer T-Shirts. Unsere ansehnlichen Vorbauten in entblößtem Zustand würden dem gerade arbeitslosen Mann etwas zu gucken geben und ihn eventuell dazu zu bringen, doch wieder …?

Für die Cunnilingusrunde war Partnertausch angesagt. Das heißt, dass sich Jacqueline mit gespreizten Beinen über Frowin kniete und sich von ihm beglücken ließ, während sich mir Gelegenheit bot, Reiners Zunge auszuprobieren. Zu unserer Freude brachten die Mundmuskeln der Herren genügend Ausdauer auf, um uns zügellosen Nymphomaninnen mehr als ein an- und abschwellendes Jucken, im allgemeinen Sprachgebrauch Orgasmus genannt, zu bescheren.

Zur Strafe für unsere Zügellosigkeit und Wollust hatten wir uns einer weiteren Züchtigung zu unterziehen, der Einfachheit halber gebückt über dem Schreibtisch. Ich glaube, zwei Komponenten gaben den Ausschlag, dass den Herren aller Überlastung zum Trotz ein Ständer erwuchs und sie die Lust überkam, uns nach dem Verhauen nochmals … Die erste war unser beider zum Sabbern verleitender Beckenausbau und die zweite, dass wir Damen es versäumt hatten, uns oben herum züchtig zu bedecken, wie es sich gehört hätte. Als zusätzlichen Reiz hatten wir uns wohlweislich nicht mit den Armen auf der Tischplatte aufgestützt, sondern zur Stabilisierung des Oberkörpers an zwei Fenstergriffen festgekrallt. Als Folge dieser Maßnahme waren zur Augenweide des Arbeitslosen die Schwenkbewegungen unserer Titten ungestört zu beobachten, wenn die Hand des Ausführenden auf dem zum Platzen gespannten Spankingdingelchen landete.

Statt für diese Provokation zur dritten Tracht Prügel verurteilt zu werden, machte sich nunmehr der aktuelle Spanking Server die Mühe, die knackenge Hülle über die Hüfte der Delinquentin und sein eigenes Werkzeug in die durch diese Aktion freiwerdende feuchte und warme Öffnung zu schieben. Wir Mädels hatten in unserer Abenteuerlust zuvor darauf bestanden, dass der jeweils Fremde uns spanken sollte. Um dessen durch das aktive Vertrimmen gebildeten Druck nicht vorzeitig abebben zu lassen und es deshalb pressierte, war es der Fremde, der uns penetrierte.

Schafft es ein Mann, nachdem er durch eine Fellatio völlig ausgelutscht worden ist, mittels konzentrierter Stimulation doch noch einmal ‚ihn‘ steif zu kriegen, ist das für die Aufgespießte eine wahrhaft göttliche Erfahrung. Viel Saft kommt zwar nicht mehr, aber die Speerspitze bleibt über einen längeren Zeitraum erhalten. Bei Reiner langte sie für sechs Stöße, die mich an den Rand der Erschöpfung, wenn nicht Raserei brachten. Ich stöhnte, keuchte, schrie, trommelte mit den Fäusten auf die Tischplatte und wiederholte immer wieder meine Begeisterung darüber, härter als ultrahart 'rangenommen zu werden.

Nachdem der Stecker endlich aus meiner Dose geglitten war, spürte ich Ansätze von Unterleibsschmerzen. Immer noch keuchend setzte ich mich auf einen Stuhl und wischte mir den Schweiß von der Stirn. Nun galt es, zuzuschauen und zu hoffen, dass Frowin Jacqueline dasselbe antun würde wie Reiner mir. Zu meiner Erleichterung geschah das auch. Während wir Zarten uns im Anschluss drückten, miteinander schmusten und uns gegenseitig unsere Busen kneteten, versicherten wir uns des Stolzes, auf derart geile Pfauen wie Frowin und Reiner jederzeit zurückgreifen zu dürfen.

Zur Krönung beschäftigten sich die Herren der Schöpfung in der Küche damit, einige Biere zu köpfen und sich hinter die Binde zu gießen, als wollten sie mit Hilfe der Blasen ihre fünften Extremitäten dazu animieren, endlich einem anderen Zweck als dem Befriedigen weiblicher Lustgärten zu dienen. Auch sie versicherten sich von ganzem Herzen, wie mir Frowin später anvertraute, dass sie sich glücklich schätzten, uns geile Flittchen als Spielwiese zur Verfügung zu haben.

Nachdem unser Besuch gegangen war, verbuchte ich einen kollateralen Erfolg des Abends: Der Erwerb der Spankingröcke war kein zum Fenster hinausgeschmissenes Geld gewesen, denn in Zukunft würden sie für unsere Freizeitgestaltung mit einer tragenden Rolle bedacht sein.

Was soll ich sagen? Wir wiederholen die Hintern-versohlen-Party im Monatsturnus, wechselweise bei Jacqueline und Reiner und bei uns und mit zyklisch wechselnden Partnern. Wir hegen die Hoffnung, dass wir weitere gleichgesinnte Paare dazugewinnen, um einen Flagellantenklub zu gründen. Soweit ich weiß, gibt es bis dato so etwas in unserer Stadt nicht.

Jacquelines Rosette

Was wir beiden Ehepaare während unserer monatlich anberaumten Hau-mir-den-Hintern-voll-Party – oder so ähnlich – treiben, hat Rita bereits in epischer Breite geschildert. Nun müssen die Tage dazwischen auch ausgefüllt werden und über die zu berichten, betrachte ich nunmehr als meine Aufgabe. Dazu gehört der langweilige Arbeitsalltag allerdings nicht.

Während unsere Männer Frowin und Reiner außer zu besagten Anlässen kaum Kontakt zueinander haben, hatte sich zwischen Rita und mir eine Freundschaft entwickelt, die wir indes weniger in unseren vier Wänden ausleben, sondern eher bei gemeinsamen Einkaufsbummeln, die wir mit einem gemütlichen Kaffeeklatsch – keine Hintergedanken bitte! – zu krönen pflegen. Unsere Gespräche drehen sich um alle möglichen Themen, vor allem aber um Musik und Literatur.

Frauen haben weniger Scheu als Männer, intime Geheimnisse anzuschneiden. Eins hatte ich Rita bisher verschwiegen, das ich heute aufzudecken beabsichtigte. Zu diesem Zweck hatte ich Andrea und Felicitas, zwei weitere Freundinnen, eingeladen.

Wir saßen in unserem Stammcafé und hatten den ersten latte macchiato vor uns. „Haben sich deine Freundinnen verspätet?" fragte Rita mich.

„Nein", erwiderte ich, „ich habe mit ihnen erst in einer Viertelstunde ausgemacht."

„Warum das?"

„Weil ich dir kurz etwas anvertrauen möchte, von dem sie glauben, dass du es schon weißt."

Rita zog die Augenbrauen zusammen, ein Zeichen, dass sie meine bisherige Geheimniskrämerei nicht guthieß. Sie räusperte sich. „Na schön. Leg' los!"

„Wir suchen doch einige zusätzliche Ehepaare, um einen ansehnlichen Flagellantenklub aufziehen zu können."

„Jaaa …?"

„Andrea und Felicitas sind ein Ehepaar."

Was das bedeutete, brauchte ich nicht weitschweifig zu erklären. Zu meiner Überraschung entspannte sich Rita. „Na und? Glaubst du, ich würde sie deshalb feindselig behandeln?"

„Sicher nicht. Hast du dir noch nie Gedanken darüber gemacht, wie ich dazu stehe?"

Rita zuckte mit ihren Schultern. „Neutral, denke ich."

Ich seufzte. Rita ist wirklich ein naives Ding! Ich setzte frisch an. „Nicht direkt. Ich bin mit einem Mann verheiratet und nach außen hetero."

Das Stirnrunzeln meldete sich zurück. „Führst du etwa eine Scheinehe, Jaccie? Bei unseren Partys habe ich diesen Eindruck gar nicht."

„Ist auch nicht so. Dennoch …"

Rita lehnte sich zurück und wartete offensichtlich auf mehr Einzelheiten. Ich schluckte und hub an: „Weißt du, ich finde unsere Partys wirklich herrlich. Sie sind nur ein wenig einseitig."

„Wie meinst du das?"

„Naja, ich würde gern auch mal dich, ich meine, natürlich auch du mich …"

„Von Frau zu Frau sozusagen?"

„Genau! Männer brauchen nicht dabei zu sein. Ich lasse mich auch von Andrea und Felicitas ganz gern mal vermöbeln und mir einen lutschen. Du verstehst, was ich meine?"

Jetzt wurden Ritas Augen wirklich groß, was ihr gut stand. „Du bist eine Lesbe?"

„Ich bin bisexuell. Wohin ich tendiere, hängt von der Stimmung ab."

Rita verfiel eine Weile in Schweigen. Dann fragte sie: „Bist du immer Delinquentin?"

Ich atmete auf. Rita ging in die Details, hatte also bis zu einem gewissen Grad angebissen. „Nein, nein. Die beiden liegen genauso bei mir über dem Schoß und ich lecke an ihren Gärten. Ich glaube, das Verhältnis ist ausgewogen."

Zwei gutaussehende Frauen näherten sich unserem Tisch. „Hallo, Jacci." Sie wandten ihre Aufmerksamkeit Rita zu. „Du musst die Sagenumwobene sein?!"

Unser Damenquadrumvirat erregte bei den in Sichtweite befindlichen Herren einiges Aufsehen, denn wir waren, der Hitze geschuldet, durchweg in recht offenherzig geknöpften kurzärmeligen Blusen und kurzen Röcken unterwegs. Er handelte sich nicht direkt um Bums-mich-Fummel, aber im Sitzen rutschten deren Säume bis kurz vor ultimo und gestatteten mit einem bisschen Geschick unverhüllte Aussicht auf vier ansehnliche Fahrgestelle. Auch Rita widerstand der Versuchung nicht, einen vergleichenden Blick in südliche Richtung zu werfen. Sie schien zufrieden zu sein, dass sie ihres nicht zu verstecken brauchte. Wir sind ganz schöne Luder; aalen uns in der Bewunderung geiler Gockel und überlassen sie am Schluss ihren unerfüllten Träumen.

Ein bisschen lernte Rita uns sofort kennen, denn die Fläche moderner Bistrotische reicht gerade für vier Tassen Kaffee und sorgsam dosierte Kuchenstücke. Keine von uns zog es vor, sich seitlich zu setzen und dem Rest der Welt tiefere Einblicke zu gewähren, als sie ohnehin schon möglich waren. So war es unvermeidlich, dass unsere Knie gegeneinander stießen. Prüfend sah ich Rita ins Gesicht, aber das blieb fürs Erste ausdruckslos. Wir anderen verhehlten nicht, dass wir das erotische Signal der Säulenhalle aus Frauenwaden bewusst aussandten. In kurzen Abständen sortierten wir die untere Etage um, während wir auf der oberen scheinbar teilnahmslos über profane Dinge sprachen und unsere Obsttörtchen vertilgten.

Dann war alles gegessen und getrunken, was die Zeche ausmachte, und Andrea schaute auf ihre Uhr, das heißt ihr Smartphone. „So, Mädels, es ist Zeit."

„Wofür?" fragte Rita.

„Wir haben gleich einen Termin in Germaines Fotostudio."

„Hast du ihr das nicht gesagt?" fragte Andrea überrascht.

„Hm, nein, ich kam bisher nicht dazu. Lediglich Outfitvorschläge habe ich ihr im Vorfeld unterbreitet."

„Worum geht es dabei? Pornografie?" Rita ist nicht auf den Kopf gefallen.

„Naja, edle, wenn ich so sagen darf."

Rita grinste. „Du weißt, dass ich für jede Schlechtigkeit zu haben bin, wenn sie einträglich ist."

„Das ist sie, das versichere ich dir."

Wir entflochten unsere Beinspaghetti und brachen auf. Das bekannte Fotostudio liegt drei Straßen von dem Café entfernt und war nach wenigen Minuten erreicht. „Bevor ich mit euch da 'rein gehe", erklärte Rita, als wir vor dem Eingangsportal standen, „möchte ich gern ein paar Einzelheiten mehr wissen."

Felicitas übernahm diese Aufgabe. „Wir stellen uns für eine Fotosession zur Verfügung, die in Form eines Preisausschreibens im ‚Der juckende Vagabund' veröffentlicht wird." Die erwähnte Gazette ist tatsächlich eine Pornozeitschrift, aber eine so softige, dass sie als kiosktauglich durchgeht.

„Und warum muss ich dabei sein?"

„Weil die Bedingung war, dass wir zu viert antanzen, und zwar in Miniröcken und kurzärmeligen Blusen."

Rita grinste. „Langsam dämmert mir, was abgeht. Na schön. Ich bin gespannt."

„Es wird wirklich nur fotografiert, kein Sado-Maso oder sowas, keine Bange."

„Ihr habt mich überzeugt."

●

Nachdem wir eingelassen worden waren, führte uns ein griesgrämiger Portier in ein großzügiges Studio, das mit einem flauschigen Teppichboden ausgelegt war. Der Fotograf, der uns dort erwartete, war keineswegs griesgrämig, sondern empfing uns nicht nur mit einem herzerfrischenden Lächeln, sondern sah auch noch ausgesprochen gut aus – kohlschwarzer Lockenkopf, Waschbrettbauch und breite Schultern. Dennoch … „Ein Schwuler", flüsterte Rita mir aus instinktivem Erkennen zu.

Auch die Sinne des Kerls waren offenbar geschärft, denn er reagierte sofort. „Sie dürfen das ruhig laut sagen, meine Dame, denn es stimmt und ich mache daraus auch keinen Hehl."

Statt rot zu werden entgegnete Rita, nunmehr in ihrer normalen Lautstärke: „Schade für Sie. Sie hätten eine hochwertige Auswahl." Rita, wie sie im Buch steht!

Der Mann grinste. „Meine Hochachtung vor Ihrer Ehrlichkeit. Ich bin Boris und schlage vor, dass wir uns der Einfachheit halber mit ‚du' anreden, nicht zuletzt, weil ich von euch doch einiges zu sehen kriegen werde, was nicht jeder zu sehen kriegt. Das heißt, weniger ich als meine Kamera."

Die erste Runde war harmlos. Boris fertigte von jeder uns ein Porträt an, die vorteilhafter gerieten als wir in Wirklichkeit aussehen. Er verstand sein Handwerk, keine Frage!

Dann ging es etwas tiefer. „Das Preisausschreiben stellt die Aufgabe", erklärte er uns, „in einer oberen Reihe eure Gesichter zu präsentieren und in der unteren die Aussicht unter eure Röcke, natürlich in einer anderen Reihenfolge. Die Leserinnen und Leser sollen nämlich die Höschen und Köpfchen, äh, Köpfe richtig zuordnen. Wer das schafft, hat eine Gewinnchance."

„Gibt es auch Leserinnen für den juckenden Vagabunden?" platzte Rita heraus.

„Natürlich!" Die Antwort erscholl von Andrea, Felicitas und mir unisono.

Rita lachte. „Da bin ich ja in 'was 'reingeraten. Na schön, lieber Boris, mach' mal!"

Boris legte sich auf den Rücken und jede von uns stellte sich mit gespreizten Beinen über ihn. Er probierte ein wenig mit der Brennweite herum, bis sie perfekt passte. Unsere Oberbekleidung unterschied sich farblich, aber da das Zielpublikum bei den Porträts lediglich ein Stück vom Blusenkragen zu sehen bekommen würde und die Unterteile wiederum andere waren, erhielt es keinen Anhaltspunkt, was wozu gehörte.

Ich schaute mir die Ergebnisse an. Die Innenseiten unserer Schenkel wuchsen nach oben hin zusammen und dort, wo das Höschen die Lustgrotto verbarg, begann das Reich der Fantasie. Dann der wedelnde Stoff drumherum, der von der Seite verbarg, was Männersabbern auslöst – Mann, sah das sexy aus! Auch Rita schien die ganze Sache zu genießen. Ich atmete erleichtert auf. Dennoch sprach ich ihr im Geist das Recht zu, nach Abschluss unserer einträglichen Session zur Strafe, dass ich sie so überrumpelt hatte, mir ordentlich den Hintern vollzuhauen.

Leider gehörte Boris nicht in die Riege der sabbernden Männer. Mit neutraler Stimme wie die ganze Zeit über erklärte er: „So, Mädels, die Leser, äh, -innen haben natürlich auch ein Recht darauf, die Auflösung zu erfahren. Die wird im übernächsten Heft erscheinen. Zu diesem Zweck gibt's zunächst eine Ganzkörperaufnahme von jeder und im Anschluss eine Rosette."

„Was für ein Ding?"

„Ich erklär's euch gleich. Zunächst die Ganzkörperaufnahmen."

Die waren gänzlich jugendfrei. Jede zog ihren Fummel ein wenig höher, damit möglichst viel von ihrer unteren Etage zu sehen war. Boris zog und drückte ausdauernd an uns herum, bis er uns in eine Pose bugsiert hatte, die ansatzweise lasziv aussah. Das dauerte unterschiedlich lange, denn wir waren als Models nicht alle gleich begabt. Ausgerechnet Rita erwies sich als Naturtalent. Endlich waren wir durch und die Fotos sahen heiß aus. Wirklich, Boris war ein Könner!

„Es ist ein unglaublich toller Zufall, dass ihr ungefähr gleich groß und schlank seid", läutete Boris das letzte Motiv ein, „da wird eine perfekte Rosette gelingen." Ganz stimmte das nicht, aber wir bewegen uns tatsächlich im Rahmen von Normalmaßen: Zwischen 1,70 und 1,75 Metern groß und zwischen 65 und 70 Kilo Gewicht. Wir sind schlank, aber gut gebaut und kommen den Idealmaßen 90-60-90 nahe.

Wir zogen die Schuhe aus und öffneten die Knöpfe unserer Blusen bis auf den untersten. Dann legten wir uns wie eine Windrose im Kreis auf den Rücken. Unsere Zehen berührten die unserer Nachbarinnen und wir streckten die Arme so weit aus, dass unsere Fingerspitzen ebenfalls in Kontakt mit denen der Nachbarinnen traten. Boris sah auf seinem Bildschirm, was die Deckenkamera im Visier hatte, und wirbelte immer wieder zwischen uns herum, um einen Arm oder einen Schenkel zu verschieben, einen Rocksaum hochzuschieben oder eine Bluse so weit zu öffnen, dass nur die Brustnippel verborgen blieben – sich in einen BH zu zwängen war keiner von uns eingefallen. Endlich hatte er der Rosette eine Symmetrie verschafft, die ihn zufriedenstellte. Ich fragte mich, ob es der mädchenhafte Mann nicht doch genoss, mit weiblichen Extremitäten nach Belieben herumspielen zu dürfen, denn meines Erachtens hatten wir uns seit längerem perfekt hin drapiert. Na gut, für ihn bestand ja das Angebot, sich nach Belieben zu bedienen. Ich glaube, Rita hätte sofort „hier!" gerufen, hätte Boris den Wunsch geäußert, das Angebot zu nutzen.

Ich muss zugeben, dass mir das Herz bis zum Hals schlug, als ich mir die Bildstrecke anschaute. Tut mir leid, Kerle, aber so heiß kann kein Mann sein, wie wir Vier uns darboten. Die beinahe vollständig entblößten Unterbauten in einladender Pose, indem sie zu zwei Dritteln ihre Innenseiten präsentierten, die Röcke, die nur das Nötigste verbargen, die Blusen, die ebenfalls mehr offenbarten als verdeckten und unsere lächelnden Gesichter. Mir fiel auf, dass uns durchweg fantastische Beine gewachsen waren, genau im richtigen Verhältnis schlank und kräftig und die Kniee wohlgeformt. Da wäre die Wahl alles andere als leicht. Am besten Serienabfertigung …

„Na, Rita, böse, dass ich dich zu der Teilnahme verführt habe?" fragte ich, als wir wieder auf der Straße standen. Rita antwortete nicht, sondern lächelte versonnen in sich hinein. Mir schwante der Grund. „Sag bloß, du hast Boris 'rumgekriegt?" Auch jetzt antwortete sie nicht, sondern rang sich lediglich ein kaum sichtbares Kopfnicken ab.

„Heute Abend?"

Kopfnicken.

Da fiel mir mein Spannzimmer ein. Das heißt nicht so, weil ich dort meine Bettlaken spanne, sondern weil vom Nebenraum aus spannen durch Gucklöcher möglich ist. Hinterhältig fragte ich: „Doch nicht bei dir zu Hause? Ich meine, Frowin …"

„Nein", bequemte sich Rita endlich zu antworten, „das muss ich mir erst überlegen. Ich habe ja Boris' Handynummer."

„Dann mach' ich dir ein Angebot." Reiner ist in diesen Dingen völlig schmerzfrei, meine Gespielinnen kannte er, und was ich mit ihnen trieb, wusste er. Ich gab mir einen Ruck und weihte Rita ein. Sie einmal zu hintergehen langt als böse Tat des Tages, dachte ich mir.

●

Bald war alles vorbereitet. Rita hatte Boris informiert, bei welcher Adresse und an welchem Klingelknopf er sich bemerkbar zu machen habe, und wir drei bisherigen Verschworenen hatten uns, mit Augengläsern bewaffnet, auf unseren Spannerposten begeben und harrten mit Herzklopfen der Dinge, die da kommen würden. Die Augengläser waren so dimensioniert, dass sie genau an die Gucklöcher passten und genügend Abstand zur Wand gewährten. So stießen wir nicht mit unseren Nasen gegen sie und vermochten entspannt und beliebig lange der Varietévorführung zuzuschauen. Ein glücklicher Umstand bestand darin, dass Reiner nicht zu Hause war und erst spät zurückkehren würde. Es wäre zwar auch mit ihm gelaufen, aber so bedurfte es keiner Erklärungen. Dass sich das als Irrtum herausstellen sollte, ahnten wir zu diesem Zeitpunkt nicht.

Es klingelte und Rita öffnete. Sie gab sich als Hausherrin aus und führte nach einer Weile, die wohl dem Smalltalk gedient hatte, den schönen Boris in den Rammelraum. „Gut geheizt", sagte sie, „wir brauchen also keine Decken. Die Holzliege kann durch einfaches Abspritzen wieder gesäubert werden. Das heißt, auch du kannst herumspritzen, ohne irgendwelche Vorsichtsmaßnahmen beachten zu müssen." Die Liege war das Gegenstück zu der in Ritas Haushalt mit dem Vorteil, dass ich durch die Gucklöcher zusehen konnte, wie Rita der Hintern versohlt wurde, wenn ich das wollte.

„Und die Decke?" Boris schien ein ordentlicher Hausmann zu sein. Vielleicht die Frau in seiner Beziehung?

Rita lachte. „Das ist Frottee. Ab in die Waschmaschine und alle Spuren sind beseitigt."

„Fangt doch endlich an!" flüsterte Andrea neben mir.

„Du hast immer noch Rock und Bluse von unserer Session an", bemerkte Boris verwundert. Kein Wunder, war Rita doch zwischendurch nicht zu Hause gewesen und hatte folglich keine Gelegenheit gefunden, sich umzuziehen.

„Ich dachte, das macht dich an."

„Ist ja auch sexy. Ziehst du dich jetzt aus?"

„Muss nicht sein. Du darfst auch das Röckchen hochschieben und … Allerdings …" unterbrach sich Rita selber, griff sich unter besagtes Kleidungsstück, fummelte an ihrem Slip herum und ließ ihn schließlich zu Boden fallen „... stört das hier ein bisschen."

Boris erwies sich als zurückhaltend. Vielleicht hatte er tatsächlich noch nie mit einer Frau Intimitäten ausgetauscht. Er kniete vor Rita hin und fragte schüchtern: „Würdest du bitte ganz leicht die Beine spreizen?"

Rita lächelte. „Gern." Sie ließ ihre unteren Extremitäten so lange nach außen gleiten, bis sie meinte, den richtigen Winkel gefunden zu haben, und fragte: „Recht so?"

Boris rutschte an sie heran, ohne zu antworten, packte mit beiden Händen ihre kräftigen Oberschenkel und betrachtete ihr Allerheiligstes von unten. Da er diesem nun nahe genug war, steckte er seinen Kopf unter das nunmehr doch zum Bums-mich-Fummel umfunktionierte Kleidungsstück und begann mit irgendwelchen Aktivitäten, die sich uns Spannerinnen nicht erschlossen.

Rita stemmte ihre Fäuste in die Hüften. Auf ihrem Gesicht zeigte sich ein seliges Lächeln, das immer breiter wurde. Bald geriet ihr Atem stoßweise und ein Kichern und Glucksen entrang sich ihren Lippen. Sie keuchte und stand offenbar vor dem Problem, ihren Schaukeldrang unterdrücken zu müssen, damit ihre Lustgrotte nicht Boris' Freudenspender entglitt.

Auch Andrea, Felicitas und ich hatten uns nicht umgezogen. Wir hatten uns unserer Höschen nicht entledigt, aber das machte nichts. Eine Hand hatten wir frei und die genügte, unsere Unterwäsche durch sanftes Streicheln mit Vaginaflüssigkeit anzufeuchten. Mann, war das ein gekonnter und ausgedehnter Cunnilingus! Als hätte dieser Boris noch nie etwas anderes gemacht.

Nach einer gefühlten Ewigkeit wurde Boris' Kopf wieder sichtbar. Rita sonderte einige laute Stöhngeräusche ab, bückte sich halb, blieb aber stehen und stütze sich mit den Händen auf ihren Oberschenkeln ab. Dazu deklamierte sie immer wieder: „Boah! Boah! Boah! Ich hätte nie gedacht, dass eine Frau bis zur Erschöpfung ausgelutscht werden kann." Der Nachgang ihrer Ekstase veranlasste auch Andrea, Felicitas und mich, das Vorderteil unserer Höschen mit einer weiteren Portion Lustsaft aus unserem Innersten zu sättigen.

„Nun bist du dran", sagte Rita, nachdem sie sich halbwegs erholt hatte. „Der Lustgarten ist freigegeben."

Plötzlich wirkte Boris wieder verlegen. „Weißt du, ich möchte mein Ding eigentlich in keine weibliche Öffnung stecken."

Rita zog eine Schnute. „Das wäre aber ungerecht, nachdem du mir so viel Spaß bereitet hast. Kann ich dir irgendwie anders helfen?"

Jetzt wurde Boris sogar rot. „Könntest du, aber darum traue ich mich nicht, dich zu bitten."

Ritas Gesicht hellte sich auf. „Fellatio?"

Boris sah sie dankbar an. „Danke, dass ich das Wort nicht aussprechen musste. Du willst doch nicht …?"

„Klar!" Ich wusste ja, dass wir das bei unseren Partys oft genug durchspielen. Rita zierte sich auch nicht, kniete nun ihrerseits vor Boris nieder, nestelte an seiner Hose herum und holte sein bestes Stück ans Tageslicht. Nach einem bisschen Reiben wuchs es zu einem beachtlichen Volumen an und wurde damit tauglich, die zweite weibliche Vagina, den Mund, auszufüllen. Es sah schon komisch aus, wie Ritas Gesicht unmittelbar über dem Hodensack an Boris' Unterleib anschloss. Ihr Kopf vollführte leichte Nuckelbewegungen, sonst hielt sie still. Das gestattete den Schluss, dass ihre Zunge die Hauptarbeit leistete. Nun war es der Mann, der in seliges Lächeln getaucht war. Auch bei ihm gesellten sich bald Stöhnen und Brummen als Ausdruck der Befriedigung hinzu.

Eins unterscheidet einen männlichen Orgasmus von einem weiblichen: Nach dem Erguss erschlafft der Penis sofort und bedarf intensiver Stimulation, um innerhalb nützlicher Frist einen Nachschlag zustande zu bringen. Rita merkte naturgemäß, wann Boris' soweit war, und gab ihn unmittelbar danach frei. Als Aufräumarbeit nahm sie das Objekt ihrer Bemühungen sanft zwischen Daumen und Zeige- und Ringfinger und leckte es penibel sauber. Nachdem sie mit dem Ergebnis zufrieden war, schob sie die Vorhaut über die Eichel und streckte ihre Hände von sich, als wolle sie sagen: „Ich bin fertig, Gebieter! Du kannst wegpacken.“

Jetzt war es Boris, der mehrmals „boah!“ ausstieß, um anschließend zu fragen: „Wo hast du das Zeug hingetan?“

„Geschluckt, was sonst?“

Boris schüttelte verwundert den Kopf. „Das habe ich noch nie erlebt.“

„Vielleicht solltest du's öfter mit einer Frau probieren?“

„Ach nein, so gut du auch warst. Allzu nah' möchte ich keine an mich 'ranlassen.“

„Schade.“

●

Die Schau war vorüber und nun begingen wir drei Frauen eine Dummheit, die wir besser unterlassen hätten. Wir verließen nämlich unseren Spannerraum und drangen in den ein, in dem Rita und Boris aktiv gewesen waren und der immer noch aseptisch und wie unbenutzt aussah. Wir glaubten, die beiden für ihre Vorführung beglückwünschen zu müssen. Bei Rita fiel das auch auf fruchtbaren Boden, aber nicht bei Boris. Er wurde richtig wütend.

„Ihr habt uns zugeschaut, ohne dass wir es wussten?!“ Er wandte sich an Rita. „Du doch auch nicht, oder?“

„Doch, meine Freundinnen …“ Sie brachte den Satz nicht zu Ende, denn Boris schlug ihr so heftig ins Gesicht, dass es sich einen kurzen Augenblick lang verzerrte. „Aua!“ rief sie empört. Das war so unerwartet geschehen, dass ich es nicht schaffte, ihm vorher in den Arm zu fallen. „He!“ rief ich meinerseits. „Du vergreifst dich an der Falschen. Von mir stammt die Idee und …“

Wieder war ich zu langsam, um gegen die Folgen meiner Äußerung rechtzeitig angehen zu können. Wie ein Blitz aus heiterem Himmel schnellte Boris' Hand vor und bedachte auch mich mit einer schallenden Ohrfeige. Mir sauste es regelrecht im Ohr, und zwar im rechten, denn Boris ist Linkshänder. Mit blitzenden Augen sah er um sich und gewahrte einen Mann, der unvermittelt hinter uns stand. „Oh!" sagte er und verstummte.

Reiner war eingetreten, ohne dass es in der Hitze des Gefechts eine von uns bemerkt hätte. „Was schlägst du meine Frau, du Arsch?!" brüllte er mit der Stentorstimme, die gut zu seinem durchtrainierten Körper passte.

Der schmächtige Boris fuhr erschrocken zusammen, ohne seine Wortwahl zu mäßigen. „Das eine Miststück hat mich verführt, während die anderen mir zugeguckt haben, ohne dass ich das wusste."

„Ohne …?" Jetzt schnaubte Reiner verächtlich. Von einer Sekunde auf die andere war seine Parteinahme auf die andere Seite gewechselt und sah mich finster an. „Typisch Jacci!" Leider geschah es auch jetzt, dass meine Wange, diesmal die linke, Ziel einer kräftigen Backpfeife wurde, bevor das ‚Jacci' ganz heraus war und ich mich gewappnet hatte. „Scheiße!" stieß ich hervor. Jetzt klingelten mir beide Ohren, beide Seiten glühten und waren vermutlich auch ganz schön geschwollen. Dazu ist zu sagen, dass ich bereits des Öfteren eine gefangen hatte, was natürlich strikt unter Reiner und mir geblieben war. Solange das Verhältnis verdient zu unverdient mit ungefähr zwei zu eins dem realen entsprach, war ich das hinzunehmen bereit. Ich bin ja wahrlich kein Unschuldslamm.

Jetzt wäre die Angelegenheit bereinigt gewesen, hätte nicht Rita gemeint, ihrerseits für Gerechtigkeit sorgen zu müssen. „Spinnst du?" fragte sie Reiner. „Ich war es doch, die Boris verführt hat. Ich melde mich zur Bestrafung." Mit diesen Worten drehte sie ihren Kopf ein wenig nach rechts, schob auf der linken Seite die Haare hinter das Ohr und sagte: „Bitte!"

Reiner, dieser Vollidiot, entsprach dieser Bitte und schlug genauso kräftig wie bei mir auf die dargebotene Fläche. „Jetzt ist's aber genug", schimpfte ich, „noch eine und ich hole die Bullen."

Boris, der sich ohnehin längst im falschen Film sah, nahm das ernst und verdünnisierte sich so unauffällig wie möglich. Wir sahen ihn nie wieder.

Reiner hatte sich etwas beruhigt und brummte einige Silben, die wie „Entschuldigung" klangen. Dann zog er sich zähneknirschend zurück.

Andrea und Felicitas erkannten, dass der heutige Abend nichts Vergnügliches mehr bieten würde, und verabschiedeten sich verlegen. Rita und ich sahen uns an. Ich sagte: „Dass Reiner eine ordentliche Handschrift hat, wusste ich ja. Von einem Schwuli hätte ich die allerdings weniger erwartet."

Rita rieb abwechselnd ihre misshandelten Gesichtshälften und wusste anscheinend nicht, was sie tun sollte Schließlich sagte sie: „Weißt du was? Ich mache mich auch vom Acker. Mal sehen, wie ich weiter verfahren werde."

„Aber wir bleiben Freundinnen?" fragte ich erschrocken.

„Wir sicher und auch gern mit Andrea und Felicitas. Was Reiner betrifft …" Dieser Satz blieb unvollendet und Rita steuerte den Ausgang an.

„Willst du dich nicht wenigstens vorher säubern?"

„Ach wo. Ein bisschen klebrig ist's zwischen meinen Beinen von meinem eigenen Saft und sonst ist ja nichts passiert. Das erledige ich zu Hause."

„Aber deine, ich meine … "

„Draußen ist's dunkel und an Frowin versuche ich mich vorbei zu schmuggeln. Morgen früh sollten die schlagfertigen Souvenirs genügend abgekühlt sein, sodass nichts mehr zu sehen ist." Sie rieb nochmals versonnen die ‚Souvenirs' und schloss die Haustür leise hinter sich.

Ich blieb eine Weile nachdenklich stehen, wo ich gerade stand, begab mich dann ins Bad und besah mich im Spiegel. Mann, was für eine Bescherung! Hinten drauf, auch kräftig, geht in Ordnung und bietet durchaus erotische Aspekte, aber ins Gesicht schlagen ist und bleibt gottverboten! Ich kühlte meine brennenden Wangen so gut es ging mit Leitungswasser, war mir aber bewusst, dass diese Andenken – oder Souvenirs – nur vom Zahn der Zeit beseitigt würden.

Das Preisausschreiben im juckenden Vagabunden stellte sich als Sensationserfolg heraus. Über zehntausend Einsender und – gemäß neueren Erkenntnissen – auch Einsenderinnen hatten versucht, Gesichter und die Innenseiten wohlgeformter Oberschenkel richtig zuzuordnen. Da keine Anhaltspunkte mitgegeben waren, die aus dem reinen Raten eine Denksportaufgabe hätten machen können, gab es ungefähr tausend Einsendungen für jede der zehn möglichen Kombinationen. Nur den tausend Richtigen winkte laut Teilnahmebedingungen eine Chance auf einen der großzügigen Gewinne.

Leider sollte ausgerechnet dieses Preisausschreiben das Ende meines bisherigen Lebens einläuten. Nicht das Heft, in dem es erschien, denn das ging irgendwie an Reiner vorbei. Ich hatte es zwar erstanden, aber er sah nur beiläufig auf das Cover und frotzelte: „Unter die Sabberweiber gegangen?" Eine ein bisschen merkwürdige Ausdrucksweise, die mir indes keinen Grund gab, Schlimmes zu argwöhnen.

Die Krise kam im Heft des Folgemonats, das die Auflösung präsentierte. Hier waren nun neben dieser auch unsere Ganzkörperfotos und die Rosette abgedruckt, die mich stolz machten. Dieser Stolz kippte schnell in Schmerzen und Furcht, als ich, wie erwähnt stolz, Reiner die Doppelseite zeigte. Er geriet außer sich, schrie: „Was habe ich da für ein Drecksweib an Land gezogen. Du bist nichts als eine Nutte!" Gleichzeitig mit dem Begriff ‚Nutte' verpasste er mir eine, dass mir schier der Atem wegblieb. Diesmal allerdings fühlte ich mich ungerecht behandelt und schlug mit dem Wort „Mistkerl" zurück.

Das löste in ihm wahrscheinlich eine Kettenreaktion aus. Außerstande, einen klaren Gedanken zu fassen, hob er die Hand und knallte mir noch eine. Dann regnete eine Salve auf mich ein, die ich erst nach ungefähr einem halben Dutzend Einschlägen dadurch beendete, dass ich einen spitzen Schrei ausstieß, mich abwandte und ins Bad flüchtete. Dort schaffte ich es, den Schlüssel herumzudrehen, bevor ich mich keuchend auf dem Waschbecken abstützte. Nach einigen Minuten, während denen ich mich zu erholen versuchte, spürte ich, wie es von unten hochkam. Ich beugte mich über die Kloschüssel und versuchte durch heftiges Schlucken, ein Erbrechen zu verhindern.

Das gelang mir auch, während ich ängstlich horchte, ob sich draußen etwas tat, das heißt Reiner etwa versuchte, sich mit Gewalt Zutritt zu verschaffen. Es geschah aber nichts dergleichen; er hatte sich anscheinend ausreichend abreagiert. Egal, mein Entschluss stand fest. Ich horchte nochmals mit angehaltenem Atem, aber vor der Tür herrschte Stille. Vorsichtig öffnete ich sie. Niemand. Ich huschte in den Flur, ergriff meine Handtasche, die auf dem Sideboard lag, und verließ die Wohnung. Eine kurze Wendung und ich stand am oberen Ende der Treppe, die zum Fahrradkeller führt. Ich holte mein Smartphone heraus und hoffte, dass Andrea und Felicitas oder wenigstens eine von beiden bereits zu Hause waren.

Ich hatte Glück. „Könnt ihr mich bitte abholen? Ich sitze im Fahrradkeller und warte auf euch."

„Was …?"

„Ihr werdet's wissen, sobald ihr mich seht. Ich trau' mich nicht in die Wohnung."

„Okay." Andrea hatte den Ernst der Lage erkannt und legte auf, um sich sofort auf den Weg zu machen.

●

Da saß ich nun in unseren Katakomben wie eine Obdachlose und wartete auf meine Freundinnen, die nunmehr die Rolle meiner Beschützerinnen einnehmen würden. Hauptsächlich auf Felicitas baute ich, denn ich wusste, dass sie in asiatischen Kampfsportarten fit war. Notfalls würde sie dem Dreckskerl die Eier kaputttreten!

Bisher war die Angst meine vordringliche Triebfeder gewesen. Nun, da mir nicht viel blieb außer warten, traten die Schmerzen in den Vordergrund. Ein bisschen Licht gaben die schmalen Fenster ja her. Ich kramte einen Handspiegel aus meiner Tasche und betrachtete darin mein Gesicht. Ich hätte nicht vermutet, wie rot und geschwollen eine hübsche Visage werden kann. Verdammt, hatte das Stück Scheiße mich geschlagen! Die Übelkeit war verflogen, aber ein gewisses Schwindelgefühl verschaffte sich immer aufdringlicher Geltung.

Kurze Zeit später waren Andrea und Felicitas da. Sie fanden aufgrund meiner Anweisung das Häufchen Elend am Fußende der Kellertreppe und wussten, was Sache war. Ich hielt Felicitas mit Mühe davon ab, gleich hochzurennen und Reiner zusammenzuschlagen, und so marschierten wir gemeinsam in die Wohnung, die ich bereits jetzt nicht mehr als meine ansah, und stellten ihn vor die vollendete Tatsache, dass ich sofort ausziehen würde. Zunächst nähme ich meine persönlichen Sachen an mich und nach und nach würde alles Weitere folgen.

Es war erstaunlich, wie besonnen sich Reiner plötzlich gab. Es täte ihm leid, er sei leider sinnlos ausgerastet und und und … Einen Augenblick lang überlegte ich, von meinem Entschluss wieder Abstand zu nehmen, aber dann siegte die Vernunft. Meine anfängliche Furcht, dass sogar mein Leben in Gefahr sei, entbehrte wohl der Grundlage, aber ich hatte dennoch keine Lust, mich bis zum Ende meiner Tage jederzeit einem unverhofften Ohrfeigengewitter auszusetzen. Ich wusste, dass in Andreas und Felicitas' Bleibe ein Zimmer frei war, in dem ich mich fürs Erste einzurichten gedachte. Später wollte ich mich auf die Suche nach einer eigenen Wohnung machen. Mir würde auch ein Appartement genügen.

Als wir bereits mit meinen Koffern draußen standen, drehte sich Felicitas nochmals um und sagte zu dem bedröppelt dastehenden Reiner: „Du weißt gar nicht, was du für eine gute Frau hattest. Hätte sie mich nicht zurückgehalten, hätte ich dir deinen Sack abgedreht." Sein gestammeltes „doch, ich …" nahmen wir nicht mehr wahr.

Als ich mich das nächste Mal mit Rita in unserem Stammcafé traf, reagierte sie mit Verständnis und Zustimmung. „Mit so einem Typ ist's nicht auszuhalten. Die einzige Befürchtung, die ich habe, dass er eine Tussi findet, die sich von seinen Muskeln und seinem Charme einwickeln lässt und die dann sein nächstes Opfer ist, das ständig Prügel bezieht."

„Zu Anfang war's ja nicht erkennbar … "

„Hast du mir nicht gestanden, dass er dir schon öfter eine gelangt hat?"

„Naja, eine, wenn ich Bockmist ausgebrütet hatte, nahm ich hin. Aber es wurde immer schlimmer."

Es gab einen Grund, warum wir uns häufiger trafen, und der war sozusagen dienstlicher Natur. Leider sorgte er bei Andrea und Felicitas für einen Anflug von Neid, denn aus unerfindlichen Gründen waren Rita und ich es, auf die die Redakteure des juckenden Vagabunden aufmerksam geworden waren, und nicht sie. In praktisch jeder Heftausgabe waren Fotos von uns drin, manchmal mit mehr, manchmal mit weniger Stoff um uns herum. Bis ins Eingemachte gingen die Fotografen nicht, aber ein entblößter Busen gilt heutzutage als kindergartentauglich, auch wenn ihn eine Männerhand umfasst. Ich stellte mir die Frage, ob wir wirklich schönere Beine und einen ausladenderen Vorbau als unsere Freundinnen vorzuweisen haben, ließ sie aber unbeantwortet. Auf jeden Fall generierten wir uns auf diese Weise ein schönes Einkommen, das mich recht bald in die

Lage versetzte, eine eigene, schöne Wohnung zu beziehen und geschmackvolle Möbel zu kaufen.

„Wie ist eigentlich dein Verhältnis zu Frowin?" fragte ich neugierig. „Bei euch läuft's offenbar fadengerade."

„Was man so nennt. Wir ziehen unsere Spankingorgien durch, wenn wir Lust dazu haben, aber sonst gehen wir unsere eigenen Wege – auch sexuell. Er weiß ja, dass ich's mit euch treibe, und ich sehe ohne Eifersucht zu, wenn er eine andere beackert. Diese Freiheit muss ich ihm lassen wie er mir auch meine lässt."

Ich seufzte. „Das wäre auch mein Traum mit Reiner gewesen. Aber seine Toleranz war schnell aufgebraucht. Mich als Nutte zu bezeichnen! Ich habe noch nie gegen Geld … Übrigens hatte das Preisausschreiben für mich auch eine angenehme Folge."

„Inwiefern?"

Ich vermochte ein Kichern nicht ganz zu unterdrücken. „Ich wusste doch die richtige Kombination und schaffte es deshalb unter die tausend, die in die Verlosung kamen."

„Du hast daran teilgenommen? Das war uns doch untersagt."

„Wie kommst du darauf? Mitarbeitern der Redaktion war die Teilnahme untersagt, aber das waren wir doch nicht und sind es auch jetzt nicht. Wir sind angeheuerte freie Nutt…, äh, Mitarbeiterinnen."

Rita lachte. „So habe ich's noch gar nicht gesehen. Sag' bloß, du hast etwas gewonnen."

„Hab' ich, und zwar genau den Preis, den ich angestrebt hatte."

„Nun mach's nicht so spannend!"

„Einen Großdruck in bester Qualität von unserer Rosette im Format 80x80 Zentimeter. Den werde ich im Wohnzimmer aufhängen."

„Ich beneide dich! Darf ich den mal sehen?"

„Ich bin mit dem Einrichten meiner Bude weitgehend fertig und werde es mit dem Aufhängen des Posters krönen. Dazu wollte ich euch alle einladen."

„Da bin ich gern dabei. Sag' mal ..."

„Ja?"

„Darf ich Frowin zu der Einweihungsfeier mitbringen? Ich glaube, er wird seinen Heidenspaß daran haben."

Nun war das Lachen an mir. „Warum nicht? Das Motiv ist ja sowieso mehr für Männer."

„Danke. Wann dürfen wir bei dir 'reinplatzen?"

Punktsieg für Felicitas

Gesichtsverzierung

Rita hatte mich informiert, dass es heute spät werden könne, denn ihre neue Frauenclique habe sie zu einem Fototermin in Germaines Fotostudio eingeladen – oder gedrängt oder genötigt? Das glaubte ich weniger, denn sie hatte immer schon ein wenig unter Publicitysucht gelitten, bisher aber keine Gelegenheit gefunden, ihr zu frönen. Die Clique bestand, wenn ich ihre kurze WhatsApp-Nachricht richtig gedeutet hatte, aus vier Frauen, darunter sie und Jacqueline. Besagtes Fotostudio ist recht angesagt und ich fragte mich, ob sie ihrem Ziel, weltberühmtes Model zu werden, heute einen Schritt näherkommen würde.

Es hatte wenig Sinn, im Vorfeld darüber Gedankenspiele zu veranstalten. Wenn sie nach Hause käme, würde sie mir schon ehrlich berichten, was der Tag gebracht hatte. Ich setzte mich also an meinen Schreibtisch und widmete mich den Druckfahnen, die ich morgen bei meinem Verlag korrigiert abzugeben hätte. Anders als Douglas Adams, der Schöpfer der fünfbändigen Trilogie (!) ‚Per Anhalter durch die Galaxis‘, der es liebte, Abgabetermine zu ignorieren (O-Ton: ‚Es zischt so schön, wenn sie verstreichen‘), bin ich als typischer Teutone bemüht, alle meine Verpflichtungen minutiös einzuhalten. So gesehen war ich keineswegs böse, mich ihnen heute ohne Störung widmen zu können.

Als ich die Haustür gehen hörte, war es kurz vor Mitternacht. Ich hatte die Zeit total vergessen, Rita aber anscheinend auch, denn mit einem so späten Erscheinen hatte ich nicht gerechnet. Ich lauschte ihren weiteren Aktivitäten. Sie begab sich unverzüglich ins Badezimmer und unmittelbar darauf vernahm ich, wie der Wasserhahn aufgedreht wurde. Seltsam! Sollte sie mit irgendwelchen neuen Bekanntschaften schlüpfrigen Tätigkeiten nachgegangen sein, hätte sie sich doch an Ort und Stelle ausgehfein gemacht. Ich bin tolerant, was Seitensprünge betrifft, denn Rita ist eine tolle

Frau und solange sie mich an ihren atemberaubenden Körper heranlässt, verzeihe ich ihr alles. Dass sie Treue nicht so eng sieht, weiß ich schon lange. Diese Großzügigkeit hatte ihr und uns immerhin ermöglicht, mit Jacqueline und Reiner unsere speziellen Partys durchzuführen. Bei aller weiblichen Zartheit ist sie nämlich alles andere als eine Mimose. So lässt sie sich gern und ohne Geschrei ihren Arsch vollhauen, bis dem Spanking Server die Hand weh-tut.

Dennoch plagte mich die Neugierde. Ich schritt durch den Flur und öffnete die bewusste Tür. Wie erwartet war Rita dabei, sich unten herum zu säubern. Weniger hatte ich er-wartet, dass sie erschreckt zusammenfuhr, als sie meiner gewärtig wurde. „Was machst du hier?" fragte sie ärgerlich.

„Ich ..." Dann sah ich es. Nicht der verräterische Umstand, dass zwischen ihren Schenkeln eine klebrige Flüssigkeit des Abwaschens harrte, war wohl der Grund für ihren Un-mut, sondern ihr Gesicht. Ihre Wangen waren geschwollen und von zwei roten Flecken verziert, deren Herkunft un-zweifelhaft war. Ich starrte sie anscheinend so gebannt an, dass sie sich zu einer Antwort gezwungen sah. „Es gab Unstimmigkeiten", sagte sie in mühsam beherrschtem Ton. „Ich fürchte, Frowin, unsere turnusmäßigen Popoklatsch-Partys mit Jacqueline und Reiner sind Vergangenheit."

Auch meine Stimme klang belegt, als ich erwiderte: „Un-stimmigkeiten sind doch kein Grund, eine Frau so heftig zu ohrfeigen."

„Erspar' mir bitte, alles zu erzählen. Vielleicht tue ich's ein-mal, aber nicht hier und heute. Bitte."

„Okay." Ich wollte sie Tür bereits sachte schließen, als sie leise hinzufügte: „Ich habe plötzlich eine unstillbare Sehn-sucht nach Zärtlichkeiten. Würdest du dich bitte ihrer an-nehmen? Sobald ich hier fertig bin? Anschließend darfst du mich nach Belieben ficken. Du hast's dir verdient."

„Gern, danke." Ich vermochte ein zufriedenes Grinsen nicht zu unterdrücken, als ich mich in unser Schlafzimmer begab, denn ihr Wunsch nach Zärtlichkeit deutete an, dass unser Fitnessraum für heute unbenutzt bleiben sollte. Solange ich für Rita die letzte Anlehninstanz bleibe, ist alles in Ordnung, dachte ich. Meine ersten Zärtlichkeiten bestanden natürlich darin, an ihren misshandelten Wangen solange herum zu schmusen, bis Rita schnurrte und hauchte: „Danke, Frowin. Es tut beinahe nicht mehr weh."

Preisausschreiben

Nun war es mit der Gründung unseres Flagellantenklubs nicht nur nicht vorwärtsgegangen, sondern sie war praktisch gescheitert. Na gut, es kann nicht alles glücken. Eine Zeitlang kehrten wir zu unseren Ritualen zurück, die Rita bereits ausführlich beschrieb, die allerdings nicht mehr konkurrenzlos waren. Rita ist offenherzig, was ihre intimen Beziehungen zu anderen Personen betrifft, und so erfuhr ich, dass die Damenzusammenkunft beileibe nicht mit der Fotosession geendet hatte und das Quadrumvirat sich immer enger zusammenschweißte. Ein bisschen beunruhigte mich dabei, dass es sich bei zweien von ihnen um Volllesben handelte. Die Überraschung war perfekt, als ich erfuhr, dass auch Jacqueline durchaus zu Frauenliebe neigt. Sie hatte das bei unseren Popoklatsch-Events nie heraushängen lassen. Naja, den Hintern versohlen lassen kann frau sich auch von Frau. Der Unterschied dürfte nicht zu groß sein.

Zunächst hatte ich gedacht, der Fototermin hätte in einem Desaster geendet, nachdem Rita an just diesem Tag lädiert nach Hause gekommen war. Dem war aber nicht so. Stolz brachte sie eines Tages eine Ausgabe des juckenden Vagabunden mit nach Hause und schlug die Rätselseite auf. „Was siehst du?" fragte sie provozierend.

„Na, das, wohin Männer gern gucken, nämlich den Frauen unter die Röcke. Auf dem geduldigen Papier nach Herzenslust und ohne zeitliche Begrenzung."

„Typisch Mann! Für Gesichter interessierst du dich überhaupt nicht? Schau' sie dir an!"

„Oh." Zwei davon kannte ich, nämlich Rita und Jacqueline.
„Die beiden anderen sind dann wohl die von dir oft erwähnten Andrea und Felicitas?"

„Genau." Sie tippte mit dem Finger auf die Brünette und verkündete: „Andrea."

„Dann ist die Blonde Felicitas."

„Bleibt ja kaum etwas anderes übrig. Nun versuch' bitte, das Rätsel zu lösen."

„Das ist gemein. Du weißt ja ganz genau, welche Unterwäsche zu welchem Gesicht gehört."

„Sicher. Ich finde aber, dass du mindestens meine erkennen solltest."

„Die da ist rosa und garantiert nicht deine, denn ich weiß, dass du rosa nicht magst. Eher Jacquelines. Sie hat mal 'rausgelassen, dass sie es liebt, wenn beim Spanken ihre Backen allmählich die Tönung ihres Höschens annehmen."

„Gut. Weiter."

„Hellblau. Das könnte deins sein."

„Hm-m. Weiter?"

„Weiß. Garantiert nicht, denn weiß ist dir zu langweilig."

„Bleiben zwei übrig."

„Das letzte zeigt gelb. Das könnte auch das Richtige sein. Leider sehe ich nicht, wie …"

„Es gibt ein weiteres Kriterium."

„Ah, die Farbe des Kleids. Leider hast du sowohl ein grünes als auch ein blaues."

„Du hast doch an dem Abend gesehen, dass ich kein Kleid, sondern einen Rock anhatte."

„Dann ist's klar. Du hast einen blauen Rock, aber keinen grünen. Das also ist die Kombination blauer Rock mit gelbem Fummel deine reizende Unterseite."

„Richtig, mein Lieber. Mit Jacqueline hattest du auch Recht: Ebenfalls blauer Rock und rosa drunter. Das da …" Rita wies auf weiß-rosa gepunktet „… ist Felicitas und …"

„… die letzte Ansicht logischerweise Andrea. Schön zu wissen. Und nun?"

„Willst du nicht an dem Preisausschreiben teilnehmen? Mir ist das verwehrt, weil ich befangen bin."

Es stellte sich heraus, dass Rita durchaus ihre Lösung hätte einsenden dürfen, denn der Ausschluss betraf ausschließlich Verlagsmitarbeiter. Jacqueline war weniger skrupellos und gewann auch einen der Preise, während ich leer ausging. Das erstaunte und erzürnte mich indes nicht, denn mit Losglück war ich in meinem ganzen bisherigen Leben nicht gesegnet gewesen.

Einen Monat später wurde die Lösung veröffentlicht und ich war weniger gespannt, die Gewinner zu erfahren – mir war trotz richtiger Lösung klar, dass ich nicht dazugehören würde –, als dass ich vielmehr die fantastische Rosette bewunderte, die aus den vier leckeren Mädchen bestand.

„Die Rosette war der Anfang vom Ende der Beziehung Jacqueline – Reiner", hub Rita an, während ich mich wie hypnotisiert über das Bild beugte. Als sie das gewahrte, unterbrach sie sich. „Wenn du dir einen 'runterholen willst, bitte nicht über das Foto."

„Warum nicht? Wir können doch ein neues Exemplar kaufen."

Rita wurde nachdenklich. „Das könnte der Grund für die hohe Auflage sein. Wenn alle Männer ihr erstes Heft vollwichsen, brauchen sie ein zweites." Sie sammelte sich. „Ich erzähle solange weiter. Im Gegensatz zu dir rastete Reiner aus, beschimpfte Jacqueline als Nutte und ohrfeigte sie im Maschinengewehrtakt. Sie bekam Angst um ihr Leben und holte Andrea und Felicitas zu Hilfe. Obwohl Feli sozusagen die Frau des Paars ist, ist sie es, die Kampfsport trainiert. Kurz und gut, Jacci zog aus und konnte mittlerweile dank der Einnahmen aus unserem modeln eine eigene Wohnung beziehen und sie geschmackvoll möblieren."

„Und Reiner?"

„Der ist spurlos aus unserem Leben getreten. Als die Drei abzogen, gab er sich weinerlich und er wäre nur kurz ausgerastet und das solle nicht mehr passieren, aber Jacci hatte die Nase voll. Ich hatte dir nie erzählt, dass sie schon öfter eine geknallt bekommen hatte, aber bis zu der bewussten Szene nie stakkato."

„Boah; ich meine, ich hau' dir zwar ab und zu den Hintern voll, aber nie im Leben käme ich auf die Idee, dir oder sonst einer Frau ins Gesicht zu schlagen."

„Eben. Hintern-voll ist ja auch erwünscht, sonst ließe ich es mir sicher nicht gefallen."

„Vermisst Jacqueline nicht etwas?"

„Spanking nicht, das können Frauen unter sich ebenso gut "
Zu dieser Erkenntnis war ich vor einiger Zeit auch gediehen. „Und sonst?"

„Naja, sie vermisst ab und zu eine harte Lanze in ihrer mittleren Etage."

„Dafür gibt es doch Vibratoren, Dildos und so weiter."

„Die mag Jacci im Gegensatz zu Andrea und Feli nicht, weil es denen am Erguss kühler Samenflüssigkeit fehlt."

„Gibt's das nicht auch?"

„Da ist doch nur irgendwelches chemisches Zeugs drin."

„Du hast gewonnen. Das Problem ließe aber sich lösen. Sie darf sich gern hier wieder blicken lassen."

„Davor schreckt sie zurück, weil unsere Wohnung sie zu sehr an Reiner erinnert. Ich versichere dir aber, daran zu arbeiten. Vielleicht woanders." Rita wurde nachdenklich. Sie nahm einige Anläufe, mir etwas zu unterbreiten, was sie anscheinend als heikel empfand. Endlich fand sie den Faden. „Angefangen hat das Ganze …" Sie stockte wieder.

„Was?" Pech, dass sie mich neugierig gemacht hatte.

„Was soll's, ich erzähle es dir. Der Fotograf dieser Rosette und aller anderen Aufnahmen war ein süßer schwuler Lockenkopf, den ich auf Teufel komm' 'raus 'rumkriegen wollte. Was soll ich dir sagen: Ich hab's geschafft, und zwar in Jacquelines und Reiners Wohnung."

„Der hat sein Ding bei dir …?"

„Nein. Er hat mich per Cunnilingus zum Jucken gebracht und ich ihn per Fellatio, also ohne richtigen Sex. Darauf kommt's aber nicht an, sondern darauf, dass die drei anderen Frauen uns durch Gucklöcher zuschauten. Das wäre wahrscheinlich auch nicht schlimm gewesen, aber dass wir das geheim gehalten hatten, hat sowohl den Typ – Boris heißt er – als auch Reiner wild gemacht und dazu geführt, dass beiden die Hand ausrutschte, und zwar bei Jacqueline als Komplottverursacherin und mir als Ausführender. Weil Boris Linkshänder war, lief ich damals mit der symmetrischen Gesichtsverzierung hier ein, die du mitgekriegt hast. Jetzt kennst du endlich die Geschichte."

Ich grinste. „Ganz unverdient war sie ja nicht, deine Gesichtsverzierung."

„Ich habe Boris und Reiner ja auch nicht angezeigt, sondern die Sache auf sich beruhen lassen."

„Wenn das kein Eingeständnis ist. Mir ging sofort auf, dass du nicht brav gewesen bist, aber auch, dass die Bestrafung bereits erfolgt und unangemessen war."

„Du hast mir dankenswerterweise die Schmerzen weggeküsst."

„… und im Nachgang ist etwas Gutes für euch 'rausgesprungen, nämlich euer Werkvertrag mit dem juckenden Vagabunden."

Rita lächelte. „Stimmt. Merkwürdig finde ich, dass wir diesen Boris nie wieder gesehen haben. Entweder war das für ihn ein einmaliger Auftrag oder er lehnt weitere ab, bei denen er ausgerechnet Jacci und mich fotografieren muss. Er ist nämlich ein begnadeter Künstler."

„Das sieht man." Ich kroch in die Rosette schier hinein.

Rita erkannte meine Qual. Sie zog sich das T-Shirt über den Kopf und streckte mir die exponiertesten Teile ihres Oberkörpers entgegen. „Los, masturbier' schon. Aber bitte auf meine Titten und nicht auf das Hochglanzpapier. Dafür ist die Scheißzeitschrift zu teuer."

Nach einer gewissen Zeit verlieren auch die ausgefeiltesten Rituale ihre Magie. Rita zog ihr lila Klatschfähnchen mit gelben Sonnen kaum noch über, das mir signalisierte, dass sie Sehnsucht nach Handauflegen verspürte. Auch mich reizte unser Fitnessraum immer seltener. Lieber habe ich es, wenn sie ihr Becken mit einem ihrer beiden Spankingfummel umhüllt, sich über den Schreibtisch oder das Sideboard bückt und ich die dargebotenen Rundungen flächendeckend mit der Haarbürste abarbeite. Meistens geschieht das nach unserem Eingangsfick, den ich Rita zuliebe relativ rasch durchziehe, damit sie auch etwas hat. Ich liebe nämlich das Onanieren über ihrer Brust mehr als alles und das Spanken hat keine andere Aufgabe, als mich zur zweiten Runde wieder aufzurichten – oder besser gesagt, meine fünfte Extremität. Wenn ich oder vielmehr Rita Glück hat, verursacht die Haarbürste ihren zweiten Abgang. Mit noch mehr Glück erlebt sie ihren dritten, wenn sie sich per Handbetrieb stimuliert, während ich mit meinem Sperma ihren Oberkörper vollspritze. Der dreifache Rittberger besiegelt eine gelungene Session.

„Gib's zu, du möchtest mal einen anderen Frauenarsch vollhauen", sagte sie eines Tages zu mir.

„Hm. Der von Jacqueline war nicht ohne."

„Den garantiere ich dir. Wenn ich geschickt vorgehe, hast du zwei weitere zur Auswahl."

„Wie kommst du ausgerechnet jetzt darauf?"

„Jacci hat uns eingeladen. Du erinnerst dich doch, dass sie bei dem Preisausschreiben das Poster mit der Rosette gewonnen hat?"

„Die Welt ist ungerecht."

„Philosophisch gerechtfertigt, beantwortet aber nicht meine Frage. Jedenfalls hat sie ihre Wohnung fertig eingerichtet und gedenkt das Poster als krönenden Abschluss bei sich im Wohnzimmer aufzuhängen. Den möchte sie zu einem Anlass ausbauen, zu dem nicht nur wir beide, sondern auch Andrea und Feli eingeladen sind."

Kaffeeklatsch

Das hörte sich interessant an. Ich kannte ihre Gesichter vom Vagabunden, hatte sie aber noch nie in natura gesehen, obwohl sie in Ritas Erzählungen allgegenwärtig waren. Andererseits, ruderte ich geistig vor mir selbst zurück, sind es angeblich Volllesben, die mit Männern gar nichts zu tun haben wollen. Gut aussehen tun die Weiber ja, aber bitte keine überspannten Erwartungen aufbauen! Jacqueline oder Jacci, wie Rita sie zu nennen sich angewöhnt hatte, wäre als neue alte Spaßquelle auch ein schöner Erfolg.

Wir wurden von der Hausherrin herzlich empfangen. Sie führte uns in ihr neu eingerichtetes Wohnzimmer, dem anzusehen war, dass sich hier Wohlstand mit Geschmack gepaart hatte. Wenn ich davon ausging, dass sie und Rita für die Zurschaustellung gewisser Hautpartieen gleich vergütet wurde, fragte ich mich ein wenig unbehaglich, wann meiner Holden einfallen würde, ihren Ringgegner – mich – in den Arsch zu treten, weil sie genügend finanzielle Potenz hinter sich wusste, nach Belieben Gigolos einzubestellen. Oder war ich ihr gut genug? Was sollen diese Gedankenspiele, Frowin? Hoffnungsvoll in die Zukunft schauen ist der beste Ratgeber!

Andrea und Felicitas waren schon da und standen höflich vom Kaffeetisch auf, um uns zu begrüßen. Dass bei mir eine gewisse Reserviertheit durchschlug, war nicht zu übersehen. Immerhin unterhielten wir uns während des Kaffeeklatschs angeregt, weil bei uns allen genügend geistiger Tiefgang herrschte, um über mehr als Nachbars Neue herzuziehen.

Schließlich war es soweit. Schon lange war mein Augenmerk auf den flachen, von Packpapier verhüllten Gegenstand gefallen, der gegen eine leere Wand gelehnt war. „Ja, das ist es", bestätigte Jacqueline. „Zunächst Begutachtung und dann überlegen wir, wie herum wir es aufhängen."

„Wie meinst du das?" fragte Rita.

„Das wirst du gleich sehen." Wir versuchten, das braune Papier ordentlich von seinem Inhalt zu lösen, was ein wenig Mühe bereitete, aber nach einigen Minuten hatten wir es geschafft. Da lag sie vor uns, die sagenhafte Aufnahme. Sie war bereits in einen Rahmen gefasst und von entspiegeltem Glas bedeckt. Zum Schutz vor Bruch war sie auf einen stabilen Sperrholzrücken befestigt, den wir nun in gemeinsamer Anstrengung lösten. Dann lehnte Jacqueline die Rosette gegen die Wand und fragte: „Nun?" Dabei fiel merkwürdigerweise ihr neugieriger Blick auf mich. Wenige Sekunden brauchte ich, um hinter den Grund zu kommen. Ich hatte mir die Damen, vor allem die mir bis dato unbekannten, nur oberflächlich angeschaut – in des Wortes wahrster Bedeutung, denn während des Kaffees hatte ich eisern vermieden, unter dem Tisch zu spannen. Nun hatten sich alle Vier in voller Lebendgröße vor mir aufgebaut und ich erkannte es. „Ihr habt dieselben Klamotten wie während der Fotosession an", sagte ich voller Stolz auf meine Kombinationsgabe.

„Dein Glück, dass du das erkannt hast", bemerkte Andrea trocken, „sonst wärst du bei uns unten durch gewesen."

„Und …?"

„Was und?"

„Habt ihr auch dieselben, äh, Dings …?"

„Sag's doch! Höschen. Natürlich!" Wie auf Kommando ergriffen die Frauen ihre Röcke vorn am Saum und hoben sie hoch. Tatsächlich! Die schwarzhaarige Jacqueline präsentierte rosa, die blonde Felicitas weiß-rosa gepunktet, die brünette Andrea weiß und meine dunkelblonde Rita hellblau als finale Barrieren vor … Ich spürte, dass sich meine

Hose einem aufstrebenden Körperteil in den Weg stellte. Tut mir leid, Mädels, aber bei so einem Anblick ist das nicht zu verhindern. Mir war klar, dass das den Mädels nicht entging, denn sie blickten alle auf dieselbe Stelle und kicherten. Zu meiner grenzenlosen Erleichterung auch Andrea und Felicitas.

„Jetzt zur Maloche und zum wie", kommandierte Jacqueline und zerstörte brutal die angeregte Stimmung. „Ihr sehr auf jeder Seite des Rahmens zwei Löcher für die Aufnahme von Nägeln. Da das Bild punktsymmetrisch ist, können wir es auf vier verschieden Weisen aufhängen."

Ich besah mir die Anordnung. Wie es jetzt stand, war Andrea aufrecht positioniert, Rita vollführte einen Kopfstand, Felicitas lag auf ihrer linken und Jacqueline auf ihrer rechten Seite.

„Sehr zu bedauern, dass es ein statisches Ensemble ist", kommentierte ich.

„Warum?"

„Wäre es ein Hologramm mit Schwerkrafterkennung, würde Ritas Röckchen nach unten, also ihr bis zur Brust fallen und Beine und Höschen wären vollständig sichtbar. Dann könnten wir mit weiteren Drehungen um 90° ..."

„Jetzt ist es aber gut", tadelte Rita mich, „ihr Männer habt wirklich nichts anderes in der Birne." Mit schlechtem Gewissen dachte ich daran, dass ich des Öfteren angesichts des Fotos im juckenden Vagabunden nicht der Versuchung zu widerstehen vermocht hatte, mir einen zu wichsen – manchmal auch ohne Ritas Dabeisein und Wissen.

„Lass' ihn, Rita, das ist doch ganz natürlich", verteidigte Jacqueline mich. Dann wandte sie sich an ihre Freundinnen. „Erst muss das Bild hängen. Dann, Mädels, vollführen wir nacheinander vor Frowin einen Handstand. Wir sind alle sportlich genug, den hinzukriegen. Und dabei machen wir auch schön die Beine auseinander, damit er 'was zum Hinstarren hat."

„Vergiss unsere sexuelle Ausrichtung nicht“, mahnte Andrea.

Nicht ohne männliche Koketterie schiebe ich hier ein, dass die Mädels ohne jede Absprache mir überließen, die Abstände der Löcher auszumessen, diese mit einer Wasserwaage auszurichten, an der Wand zu markieren und die Bohrmaschine anzusetzen. Nach einer Weile war alles vorbereitet, um das Poster aufzuhängen.

Wir entschieden, dass in der endgültigen Fassung die Hausherrin auf ihren Füßen stehen sollte. Folglich landeten Andrea rechts, Felicitas unten und Rita links. Ganz auf eine männlich-fachmännische Bemerkung glaubte ich nicht verzichteten zu dürfen. „Es ist ja jederzeit drehbar.“

Nachdem ich den mit Absicht provozierten Shitstorm über mich hatte ergehen lassen, wurden die Handstände durchgeführt. Ich bekam die Erlaubnis, sie auf meinem Smartphone zu verewigen und auf Papier zu entwickeln – allerdings ausschließlich für den Hausgebrauch. Für Rita der zweite Grund während unserer Zusammenkunft, mir einen Tadel auszusprechen. „Wichs‘ dir da aber nicht zu oft einen drüber. Ab und zu möchte meine Muschi auch ’was abkriegen.“ Ich wurde rot. Wir waren hier schon recht freizügig, aber alles müssen alle auch wieder nicht wissen.

Jacqueline ergriff das Wort. „Ich erinnere euch daran, meine Lieben, dass wir etwas abgemacht haben, sozusagen ein Komplott geschmiedet. Wir beschäftigen häufig mit spanken, aktiv wie passiv. Heute ist ein Mann unter uns, was eine Seltenheit ist. Rita garantiert seine Integrität, sodass wir ihm getrost etwas bieten dürfen.“ Sie wandte sich an mich. „Auf der Terrasse ist eine Brüstung, die auf ein Stück Wiese hinausläuft, auf die nach wenigen Metern eine Hecke folgt. Dort kann uns niemand sehen. Wir bücken uns splitternackt über die Brüstung und decken uns oberhalb der Hüfte mit Laken zu. Dir werden sich vier appetitliche – hoffentlich! – Frauenpos entgegenstrecken, auf denen du nach Belieben herumklopfen darfst. Den, der dir am besten gefällt, darfst du warm und rosa hauen und anschließend die dazugehörige Vagina ficken. Von hinten, denn du sollst auch in dieser Phase nicht wissen, in welche du einfährst. Erst wenn du dich ergossen hast und dein bestes Stück 'rausholst, werden wir die Laken abwerfen und uns offenbaren."

„Boah!" Ich war richtig verlegen ob dieses Angebots. „Darf ich wirklich … Ich meine auch euch, Andrea und Felicitas?"

„Sollte es mein Arsch sein, der vor deinen Augen Gnade findet, nur, wenn du mich in Zukunft Feli nennst. Felicitas klingt furchtbar steif." Die Namensträgerin erklärte das so nachdrücklich, dass ich nie wieder gegen ihre Forderung zu verstoßen wagen sollte.

„Steif wie …" Rita brach den Satz wohlweislich ab, denn auch sein Rudiment sagte alles. Dann grinste sie mich an, als wollte sie sagen: Na, hab' ich dir zu viel versprochen?

Ich musste in der Küche warten und hoch und heilig versprechen, keinen Versuch zu unternehmen, die Aktivitäten der Damen auszuspähen. Daran, muss ich sagen, hatte ich auch keinerlei Interesse, denn ich wollte versuchen, kraft meines Tastsinns und Erfahrungen aus der Vergangenheit vorzeitig dahinter zu steigen, wer sich unter welchem Laken verbarg.

Nach wenigen Minuten erscholl der Ruf: „Kannst kommen!" Schnell entledigte ich mich aller störender Kleidungsstücke unten herum und eilte auf die Terrasse.

Das Arrangement war atemberaubend. Vier Pos bedeuten acht Backen. Was will ein Mann mehr? Die Polster waren genau richtig ausgeprägt, wohlgeformt gerundet, aber nicht wabbelig. Alle Achtung, meine Damen, da hat ein Quadrumvirat zusammengefunden, das Männern den Speichel im Mund zusammenlaufen heißt. Und mein Goldschatz gehört dazu! Ich platze vor Stolz! Zu schade, dass zwei von euch …

Das Angebot ähnelte sich frappant. Ich schritt es zunächst ab, ohne handgreiflich zu werden. Dann platzierte ich mal hier, mal da einen tätschelnden Klaps. Ich holte heftiger aus und bedachte alle acht Zielflächen gleichmäßig. Die ersten rötlichen Flecken zeigten sich. Verdammt, wenigstens Ritas Allerwertesten musste ich doch zu identifizieren in der Lage sein! Wie oft hatten dessen Kurven und meine Handflächen perfekt zusammengespielt! Hm, die ganz Rechte. Nach einer Weile war ich ziemlich sicher, dass ich richtig lag. Auch Jacquelines Apfelsinenbäckchen hatte einige Male bearbeiten dürfen und festgestellt, dass sie um einiges straffer ausfielen als Ritas. Also die, die zweite von links. War sie die appetitlichste? Die ganz linke wackelte recht intensiv, während die zweite von rechts die ideale Mischung zwischen sportlicher Federung und Nachgiebigkeit aufwies. Wer von den Vieren ist besonders sportlich? Da fiel mir ein Name ein.

Ich drosch allen einige richtig Feste drauf, um eine zu einer Äußerung zu bewegen. Kein Mucks. Nochmals alle Achtung, meine Damen, eine beachtliche Selbstdisziplin! Zu weit wollte ich es nicht treiben, denn ich bin ja kein Sadist. Aber die Zweite von rechts sollte einiges mehr abkriegen. Ich knallte auf jede ihrer Seiten zehn, die bestimmt gut zogen, aber außer einigen Zuckbewegungen verhielt sich die Besitzerin still. Na gut, meine Liebe, jetzt bist du dran!

Ich umfasste die Taille der Delinquentin und fragte: „Hörst du mich?"

Ein dumpfes „hm-m" interpretierte ich als Bejahung.

„Du bist die Erwählte. Würdest du bitte die Beine öffnen?" Die Bitte wurde postwendend erfüllt und meine Lenden, die schon länger heftige Ungeduld gezeigt hatten, brauchten nicht lange gebeten zu werden. Ich glaube, ich schaffte mehrere Minuten am Stück, denn die Aktion hatte mich so aufgeheizt, dass loszulegen höchste Zeit gewesen war, sonst hätten die Hoden Ungehorsam gezeigt und sich ohne Befehl aktiviert. Als Triumph betrachtete ich, dass unter dem Laken genüssliches Stöhnen immer lauter wurde. Nun glaubte ich auch die Stimme zu erkennen.

Endlich war mein Verlangen gestillt und hoffentlich das der Delinquentin auch. „Mädels", sagte ich laut, „ich bin fertig. Kehraus. Zeigt euch bitte." Sie schafften es, sich gleichzeitig zu entblättern. Zu meiner Zufriedenheit sah ich, dass meine Einordnungen gestimmt hatten: Rechts Rita, links Andrea und rechts daneben Jacqueline.

Und die Zweite von rechts Felicitas, Entschuldigung, Feli. Sport zahlt sich wohl doch aus. „Hört mal, Andrea, Jacqueline und Rita, ihr seid doch nicht böse? Ich meine …"

Jacqueline fiel mir ins Wort und sagte: „Nur nicht, wenn ich in Zukunft für dich Jacci bin." Unser gemeinsames Lachen entspannte die Situation sofort. Ich warf einen verstohlenen Blick auf Felicitas und meinte ein triumphierendes Grinsen auf ihrem Gesicht wahrzunehmen. Ich drehte mich schnell in eine andere Richtung, aber ich fürchte, sie hat meinen verstohlenen Blick trotzdem registriert.

Nach Klärung dieser Umstände gewahrte ich erst, was da um mich herumstand. So, wie mir zuvor acht pralle Backen entgegengelacht hatten, lachten mir nun acht fantastisch üppige und dennoch feste Brüste entgegen. Obwohl bis zur Neige leergemolken, regte sich in mir erneut der Wunsch, etwas mit denen anzufangen. An Ort und Stelle war das nicht möglich, aber für später …

„Darf ich eure, ähm, Dinger fotografieren? In alphabetischer Reihenfolge, damit ich sie später zugeordnet kriege. Ohne Gesicht, nur die Dinger."

Ganz recht war das den Damen nicht, das spürte ich, aber sie gaben mit ihre Erlaubnis, auch Rita. „Ich dachte, meine Dinger kennst du. Du spritzst sie ja oft genug voll", kommentierte sie, ließ sich aber auch erweichen. Eine erneute Ermahnung verkniff sie sich nicht: „Jetzt hast du jede Menge Stoff zum Drüberwichsen. Verausgab' dich bitte nicht ständig!"

„Versprochen!" Mich packte die Begeisterung und ich probierte alle denkbaren Perspektiven aus. Manchmal stellte es sich als notwendig heraus, das eine oder andere Motiv ein wenig anzuheben oder sonstwie zu richten. Auch wenn es aktuell unmöglich war, einen hochzukriegen, war die Haptik dieser Tätigkeit nicht zu verachten. Meine Hände kribbelten bei jeder Berührung und teilten ihre Erregung großzügig tiefer gelegenen Regionen mit. Merkwürdigerweise boten Felicitas' Titten den häufigsten Grund zum Hinlangen. Ich erkannte Ritas Missbilligung, nahm die aber in Kauf.

Endlich hatte ich meine Beute sicher und das Smartphone ausgeschaltet. Nun sollte ich den Grund für die Willfährigkeit der Vier erfahren. Es war spät genug für ein Bier geworden und zu meiner Freude stellte ich fest, dass keine der Damen abstinent war und sich alle als erstaunlich schluckfreudig erwiesen. Nach einigem Herumdrucksen unterbreitete mir Jacqueline die zeitnahen Pläne des juckenden Vagabunden. Ich zeigte als einziger Überraschung, denn die Frauen waren längst eingeweiht.

„Du hast dich sicher gefragt, Frowin, warum wir uns dir so bereitwillig hingegeben haben, vor allem Andrea und Feli, die das nicht gewohnt sind. Nun, wir haben einen richtig einträglichen Auftrag erhalten, nämlich einen Film zu drehen."

Ich wusste, dass die Zeitschrift wie jede andere auch ihre Abonnenten unter anderem im Netz sucht, denn sonst würden sie einen hohen Anteil ihres Zielpublikums verpassen. „YouTube?" fragte ich.

„Wo immer er platziert werden kann. Nun ist es so, dass der geplante Streifen ganz und gar nicht jugendfrei ist. Es soll nämlich eine Frau ausgepeitscht werden."

Ich erschrak. „Das geht zu weit!"

„Wir haben's auf Schläge mit einer Reitgerte reduziert. Deutlich sichtbare Striemen sind allerdings ein Muss. Uns ist klar, dass das weiter geht, als uns unsere Spielchen je geführt haben, aber uns – und natürlich auch dir – winkt ein Batzen Geld. Es hat sich nämlich niemand sonst dazu bereit erklärt."

„Das wundert mich nicht." Striemen waren bei uns immer tabu gewesen. Felicitas hatte vorhin eine gehörige Tracht Prügel eingefahren, aber es hatte mit einem gleichmäßig gefärbten Gesäß sein Bewenden gehabt.

„Verletzungen und Blut haben wir selbstverständlich strikt abgelehnt."

„Mir wäre trotzdem am liebsten, ich wäre da außen vor."

„Das geht nicht, Frowin, denn wir brauchen einen Mann."

„Wieso das?"

„Als Titel ist ‚Marquis de Sade bei Ausübung seines Hobbys' vorgesehen. Und der war ein Mann, da beißt die Maus keinen Faden ab."

Dreharbeit

‚Der juckende Vagabund' stellte uns kein Studio zur Verfügung, weil er keins besitzt. Ohne große Diskussionen funktionierten wir unser Fitnessstudio dazu um. Es reichten zwei zusätzliche Accessoires, um der Szene Authentizität zu verleihen. Zum einen wuchteten wir den großen, zimmerhohen Wandspiegel aus dem Badezimmer hinein – der vorhandene Standspiegel erwies sich als nicht ausreichend dimensioniert – und zum anderen erwarben wir eine Rohrkonstruktion mit festem Stand in ungefährer Türrahmengröße. Wir hatten das Ding in einem Baumarkt gefunden und ich fragte mich, welchem Zweck es anderen Käufern dienen mochte. Zu dem, zu dem auch wir es anschafften?

Die Rollen waren von vornherein gesetzt. Der Vagabund hatte uns immerhin eine leistungsfähige Filmkamera samt Stativ gestellt, die zu bedienen sich von vornherein Andrea ausbedang. Mir als Marquis de Sade konnte war keine andere Rolle auf den Leib geschrieben als die des Sadisten. Die der Lutscherin lehnte Felicitas ab, sodass dafür Rita und Jacqueline übrig blieben. Wir sollten zwei Durchgänge drehen und der Vagabund gedachte dann den besseren zur Veröffentlichung auszuwählen.

Nach Vorgabe sollte die Delinquentin gefesselt werden, aber auch dem widersetzten wir uns und kaschierten das dadurch, dass wir um ihre Hand- und Fußgelenke Stricke banden, deren anderen Enden wir an dem Rohrgebilde mit Verpackungsgummis befestigten, die bei dem leichtesten Ruck reißen würden.

Eine der Frauen war arbeitslos, da wir neben der hinter der Kamera lediglich eine zur Lustbefriedigung des Monsieur de Sade und die Delinquentin brauchten. Die spielte im ersten Durchgang Felicitas und die Dienerin Rita. Historische Kostüme sparten wir, weil wir alle drei splitternackt auftraten. Die vermeintlich gefesselte Felicitas stand aufrecht und streckte sich, indem sie sich an der Querlatte der Rohrkonstruktion festhielt. Vor ihr war der Spiegel aufgebaut, damit die Kamera ihre Reaktionen draufbekam. Auch ich stand aufrecht, und zwar so, dass ich mit der Reitgerte in meiner rechten Hand bequem auf Felicitas' Gesäß würde schlagen können. Rita kniete vor mir, bereit, auf ein Kommando Andreas meinen Penis zunächst zum Erigieren zu bringen und nach Erfolg in ihrem Mund verschwinden zu lassen. Die Kamera hatten wir so platziert, dass Rita und ich von der Seite und Felicitas von hinten und – im Spiegel – gleichzeitig von vorn im Bild war.

„Kamera ab!" kommandierte Andrea und Rita und ich legten los. Auf den ersten Hieb mit der Peitsche reagierte Felicitas mit einem deutlichen „aua!". Das tat mir fürchterlich leid, aber über den Impuls, sofort alles hinzuschmeißen, siegte die Geldgier.

Es war eine merkwürdig zwiespältige Aktion. Einen Frauenpo zu verbläuen macht ja durchaus Spaß, aber ich bin entgegen der berühmt-berüchtigten Figur, die ich verkörperte, kein Sadist. Ein bisschen Kribbeln oder Brennen, na gut …

Rita hätte mir mühelos innerhalb einer Minute einen Orgasmus zu verschaffen vermocht, aber unsere Vorgabe belief sich auf sieben Minuten. Das Aas – Rita, meine ich – wusste ganz genau, wie sie mir immer wieder Entspannung zu gewähren und dann ihre Stimulation anzuziehen hätte, um meinen Erguss möglichst lange hinauszuzögern. Während der Session musste ich mich so darauf konzentrieren, Felicitas' Po in engem Abstand mit Striemen zu überziehen, dass ich nicht mitbekam, wie sie das verkraftete. Ich hörte zwar ihre Schreie, aber wie sie ihren Kopf, durch die intensiven Schmerzen veranlasst, denen ich sie unterwarf, hin- und herwarf, sah ich erst später auf dem fertigen Film. Sie gestand auch, dass sie einige Male soweit war, die Gummis abzureißen und davonzurennen, aber auch bei ihr siegte die Geldgier über die realistische Einschätzung, dass eine Perversität dieses Ausmaßes nicht zu rechtfertigen war.

Endlich brachte mich Rita dazu, zu ejakulieren, und ich löste mich mit einem Seufzer von ihr. Damit war auch das Auspeitschen beendet. Felicitas' Striemen blieben wenige Sekunden im Fokus der Kamera, bevor Andrea diese ausschaltete und „Schluss!" bekanntgab. Die Delinquentin befreite sich, stolperte zu der Liege und rief immer wieder aus: „Boah! Boah! Boah! Das war über die Grenze." Ich trat zu ihr und versuchte sie zu trösten. Als sie sah, dass ich weinte, glitt aller Pein zum Trotz ein Lächeln über ihr Gesicht. „Schon gut, Frowin, es lief ja alles wie vorgesehen. Schon gut, glaub' mir. Allerdings werde ich heute mein Abendessen im Stehen einnehmen und auf dem Bauch schlafen. Zur Linderung zähle ich den Berg Geldscheine ab, der sich im Geist vor mir auftürmt."

Andrea setzte sich zu ihrer Frau, aber ich hatte den Eindruck, dass sie bedeutend weniger mitleidig als ich war, denn sie blieb beim Geschäftlichen. „Für die zweite Klappe werden wir einen Tag vergehen lassen müssen, denn die Züchtigung muss ja auf jungfräulichen Backen beginnen."

„Wieso?" fragte Rita. „Es gibt doch noch andere jungfräuliche Backen."

„Rita?!" Ich war erschrocken. „Das ist eine echte Tortur. Du willst doch nicht …?"

„Ich will es einmal erleben, Frowin. Denkbar, dass ich danach geheilt bin – nachdem mein Po geheilt ist –, aber ich möchte wissen, wie Feli im Augenblick zumute ist."

„Und wer, ich meine, wer lutscht …?"

„Na hör' mal", schaltete sich Jacqueline ein, „ich bin doch auch noch da. Bisher war ich arbeitslos."

Alle Argumente halfen nichts. Wir mussten zwar ungefähr 1½ Stunden warten, bis ich mich wieder fit genug für eine zweite Runde fühlte, aber dann war das Arrangement mit anderen Schauspielern erneut aufgebaut. Nun stand Rita aufrecht und angeblich gefesselt in dem verfluchten Rohrding und Jacqueline kniete vor mir.

Sie ist bei Mund-zu-Dinge Beatmung bei weitem nicht so geschickt wie Rita, aber wir mussten durchhalten, bis auch Ritas Po mit Striemen von oben bis unten bedeckt war. Ich muss sagen, dass meine Gattin unglaubliche Nehmerqualitäten zeigte. Sie lamentierte ein wenig herum, während sie ausgepeitscht wurde, aber ich hatte das Gefühl, dass das weitgehend vorgetäuscht war. Allerdings sah sie sich veranlasst, in zwei Punkten Felicitas' Empfehlung zu folgen: Das Abendessen im Stehen und die Nachtruhe auf dem Bauch.

Da Felicitas' Gesicht viel eindrücklicher seine Qual dokumentierte als Ritas Pokerface, wählte der Vagabund die erste Klappe zur Veröffentlichung aus und drückte die versprochene Summe ab. Selbst durch fünf geteilt resultierte daraus für jede des Quadrumvirats und mich ein beträchtlicher Vermögenszuwachs. Angemerkt sei, dass im Haushalt Andrea/Felicitas ab diesem Tag der Segen ein wenig schief hing. So rasch verzieh Felicitas ihrem Mann dessen Mitleidlosigkeit nicht.

Überfall

Bei unserem ersten Kaffeeklatsch in Jacquelines Wohnung – bevor es zum physischen KLATSCH kam – hatten wir uns über alle möglichen alltäglichen Dinge unterhalten. Dabei hatte sich herausgestellt, dass Felicitas und mich das Interesse an fantastischen Filmen verband. Rita empfand diese als Unsinn und so war ich stets allein ins Kino gepilgert, wenn einer anstand.

Das ist auf Dauer nicht so prickend und etliche Wochen nach unserem spektakulären Dreh fand ich endlich den Mut, Felicitas anzurufen, um sie zu fragen, ob sie mit mir das neueste und den Kritiken nach hochwertige Fantasyprodukt des derzeit angesagtesten Hollywood-Regisseurs anschauen wolle. Zu meiner Überraschung sagte sie ohne Federlesens zu.

Das Kino war nicht weit von Andreas und Felicitas' Bleibe entfernt. So parkte ich dort, holte meine Begleitung ab und wir gingen zu Fuß dorthin. Der Film hielt, was versprochen war, und zufrieden begaben wir uns auf den Heimweg.

Auch wenige Straßenecken bergen Gefahren. So kamen uns drei grölende Fettwänste in Bomberjacken entgegen, die anständig angetrunken waren und uns und vor allem die attraktive Felicitas nicht an sich vorbeizulassen gewillt waren. Zwar hatte sie sich für unseren Anlass in wenig aufregende Funktionskleidung geworfen, aber was darunter steckte, war sehr wohl zu erahnen.

„He du, willst du nicht die Puppe mit uns teilen?" Das war eindeutig auf mich gemünzt. Ich bin kein Schwächling, aber drei Typen auf einmal …?

Felicitas nahm mir die Antwort ab. „Nein, das will er nicht."

Erstaunt wandten sich die gläsernen Blicke der Quelle zu, mit der sie nicht gerechnet hatten. Der Mittlere, der Ungeschlachtste und Widerlichste von ihnen, entblößte seine Zähne oder besser gesagt die Ruine, die von seinem Gebiss übrig war, um eine verzerrte Version von Lachen auszustoßen. „Wer hat dich denn gefragt, Puppe?" pöbelte er sie an. „Du hast gar nichts zu sagen!"

„Du meinst nicht? Und wenn ich dir das Gegenteil beweise?"

Nun hielten sich alle Drei den Bauch vor Lachen. Aber nicht lange, denn was dann geschah, geschah so unerwartet und blitzschnell, dass keiner – auch ich nicht – wirklich mitbekam, was ablief. Felicitas federte in die Höhe und trat mit einem Kampfschrei den mutmaßlichen Anführer in den Bauch, sodass dieser sich zu einem 90°-Winkel zusammenkrümmte und mit zeitlupenartiger Langsamkeit in sich zusammensackte. Ihr nächster Sprung reichte eine Etage höher und ihr Kampfschrei geriet eine Stufe durchdringender. Ihr Fuß traf den rechts befindlichen Gegner voll in sein bärtiges, ungepflegtes Gesicht. Ein widerliches, nach brechenden Knochen klingendes Geräusch, und die Hände des Rockers bedeckten reflexartig seinen nicht mehr vorhandenen Gesdichtserker. Ebenso langsam wie sein Kumpel beugte er sich zu Boden und gab ein Wimmern von sich. Blut brach sich zwischen seinen Fingern Bahn und tropfte auf das Pflaster. Dass sich Felicitas nach dem Dritten umschaute, erwies sich als überflüssig. Der große Held hatte das Hasenpanier ergriffen und rannte, wie ein Mensch zu rennen vermag. Ich glaube, er brach in diesem Augenblick jeden olympischen Rekord im Sprint.

Während ich, noch schwindlig von Felicitas' Schnelligkeit, mich zu keiner Reaktion fähig fühlte, packte sie mich am Handgelenk und sagte atemlos: „Los, weg hier!"

Wir gingen schnellen Schritts, rannten aber nicht, um nicht verdächtig zu wirken, und schlugen nicht direkt den Weg zu Felicitas' Wohnung ein, sondern einige Haken, um etwaige Verfolger abzuschütteln. Sie gab ihrer Genugtuung Ausdruck. „Die machen sowas nie wieder."

„Was, denkst du, haben sie abgekriegt?"

„Wenn die Folgen so sind, wie ich es gelernt habe, ist der eine rettungslos verloren. Vielleicht finden sie ihn noch lebend, aber ich habe seine Innereien so zu Matsch getreten, dass er daran verrecken wird. Dem anderen habe ich nachhaltig seine Fresse verbeult. Seine eigene Mutter wird Schwierigkeiten haben, ihn wiederzuerkennen. Verfluchtes Dreckspack!"

Erschüttert von Felicitas' Wutausbruch wagte ich erst nach einer Weile, meinen Senf dazu zu geben. „Der, der davongekommen ist, wird sich in Zukunft schwer überlegen, in welcher Gesellschaft er seine Abende verbringt."

Endlich standen wir vor ihrer Haustür. Sie schloss auf und wie selbstverständlich begleitete ich sie in ihre vier Wände. Jetzt erst wurde mir bewusst, dass sie zitterte. So stark sie physisch war, so sehr hatte sie die Episode psychisch mitgenommen.

Ich führte sie zum Sofa, ließ mich darauf nieder und platzierte sie auf meinem Schoß. Sie war erstaunlich leicht, was ich angesichts ihrer Wehrhaftigkeit nicht erwartet hatte. Ich streichelte und beschmuste sie. Nach einer Weile spürte ich, wie sie sich entspannte.

Felicitas war wieder zu besonnener Artikulation fähig und ihre Altstimme klang ruhig. Sie hatte sich meiner Tröstung, die sie durchaus als Zudringlichkeiten hätte werten dürfen, widerstandslos hingegeben. Nach einer Weile hatten wir unsere Lippen aufeinandergepresst und unsere Zungen ihren Weg in die angedockte Rachenhöhle gefunden. Da sie sich dazu zurückgelehnt hatte, hatte sich ihr köstlicher Busen in handlicher Nähe befunden und meine Rechte beschäftigte sich nach kurzem Mutfassen damit, zärtlich an ihm herum zu kneten.

Anscheinend fand sie das gut, denn sie gab jedem Zugriff ihre schnurrende Zustimmung. „Mach' weiter!" forderte sie mich immer wieder auf. Dann saugte sie sich ihr Mund erneut an meinem fest. Ich war so hingerissen, dass ich eine Weile brauchte, um der Stille gewahr zu werden. „Wo ist eigentlich dein Ehemann, Andrea?"

„Ich denke, bei Jacci." Wir hatten uns wieder einigermaßen sittsam hingesetzt.

„Riecht danach, dass ihr euch auseinandergelebt habt."

„Ein bisschen. Sie fand keinerlei Ergötzliches daran, dass ich mich von dir habe ficken lassen und das auch noch gut fand. Sie hat's überhaupt nicht mit Männern."

„Und wenn ich ihren A…? Ich meine, hätte ich sie …“

„Das war dem Anlass geschuldet und weil wir dich brauchten.“ Felicitas lächelte. „Ich bin stolz, dass du mich erwählt hast.“

Ich erwiderte ihr Lächeln. „Rita und Jacci hatte ich schnell identifiziert, weil ich deren Schinken zur Genüge kannte. Blieben du und Andrea. Ich wusste, dass du Kampfsportarten trainierst, und vermutete, dass die schönen festen Backen deine sind.“

Felicitas platzte schier vor Stolz. „Plus appetitlichem Polster?!“

„Einem wunderbaren!“ Ich sah Felicitas ernst an. „Fand ich damals. Weißt du, dass ich dem Spanken seit unseren Dreh abgeschworen habe? Wie ich dich und Rita mit der Reitgerte zugerichtet habe, hat mir jeden Spaß daran verleidet.“

„Schade. Ich möchte nämlich … Egal, was sagt Rita dazu?“

„Ihr Po brauchte drei Tage, um sich vollständig zu regenerieren …“

„Meiner auch, Frowin.“

„Dass du …? Egal, zurück zu Rita. In der Härte wollte sie's nicht nochmal, aber generell schien es ihr nichts ausgemacht zu haben. Sie hat akzeptiert, dass ich nicht mehr Hand anlegen möchte und Klatschfähnchen und Ficktuch gewaschen. Beide Teile haben wir seit Jahren in besudeltem Zustand belassen.“

„Und Rita lässt sich nun von Jacci und Andrea vermöbeln?“

„Nein, denn sie hat eine andere Methode gefunden.“

„Jetzt bin ich gespannt, Frowin.“

„Sie streift ihr Latex- oder Lederdingelchen über ihre Blöße und verhaut sich vor dem Badezimmerspiegel im Stehen selbst. Dazu benutzt sie einen Kochlöffel. Am liebsten wäre ihr eine Haarbürste, aber deren Griff ist zu kurz, sodass sie zum Vollzug ihren Arm arg verrenken müsste. Empfindet sie ausreichend Schmerzen, greift sie sich drunter und vollendet ihre Lust im Handbetrieb.“

„Woher weißt du das?"

„Sie lädt mich zum Zuschauen ein, wenn ich zu Hause bin. Ich soll mir bitte dazu einen wichsen, denn das würde sie zusätzlich antörnen." Ich grinste. „Weißt du, Badezimmer-fliesen lassen sich leicht abwischen. Ich gebe zu, Feli, dass das auch für mich etwas hat. Sogenannten normalen Sex treiben wir nach wie vor und sie mag es auch, wenn ich auf ihre Titten onaniere."

„Wenn die Lösung für beide gut ist, ist dagegen nichts einzuwenden. Dass meine Brüste mit Sperma vollgespritzt werden, möchte ich aber ungern zulassen und schon gar keine Fellatio. Ich hatte das bereits während unseres Drehs verlauten lassen, denn ich bin überzeugt, dass die mich ekeln würde."

„Absolut akzeptabel. Rita ist eine Ausnahmeerscheinung. Sollte je eine Weltmeisterschaft im Schwanzlutschen statt-finden, wäre sie eine Anwärterin auf die Goldmedaille. Sie steckt das Ding tiefer in ihren Schlund als Unbedarfte es für möglich halten. Das mögen nur sehr wenige Frauen, denn sie müssen sich ja von Erstickungsattacken befreien. Jacci ist zwar auch zum Mundbetrieb bereit, bleibt aber weit unter dieser Grenze. Weißt du eigentlich 'was über sie? Du sagtest, Andrea wäre ständig bei ihr."

„Die ist total gekippt und macht nur noch mit der 'rum."

„Rita erzählte mir, dass sie ab und zu etwas Steifes in ihrer Grotte vermisst und künstlichen Ersatz nicht mag."

„Damit hat sie sich abgefunden. Sie hat sich einen Helfer zugelegt, der sie bei voller Batterie in jeder Lage druckvoll anfeuchtet." Felicitas grinste beinahe dreckig. „Wenn sie heiß wird, ist sie am liebsten unartig."

„Was heißt das bitte im Klartext?"

„In die Öffentlichkeit zu gehen. Sie zieht dann weite Röcke ohne 'was drunter an, die ein gutes Stück über dem Knie enden, spaziert durch den Park und schlägt sich irgend-wann in die Büsche. Natürlich achtet sie darauf, dass sie von den Wegen aus nicht gesehen wird, aber ein Parkwächter kann immer auftauchen."

„… oder sich ein Liebespaar aus hormonellen Gründen in die Büsche geschlagen haben."

„Dem wäre sie ja nichts schuldig. Wichtig ist ihr, dass das Ganze im Stehen stattfindet."

„… wie bei Rita."

Felicitas lächelte wieder. „Interessante Parallele. Jedenfalls spreizt sie leicht ihre Beine, holt ihren Freudenspender aus der Handtasche, steckt ihn sich 'rein und schaltet ihn an. Es geht wohl recht schnell, bis das Ding loslegt. Die Zeitspanne reicht ihr anscheinend, um Seligkeit zu erringen. Anschließend muss sie sich abtupfen, damit die komische Brühe nicht ihre Schenkel hinunterläuft, wenn sie sich wieder unter die Leute begibt."

„Und woher weißt du das?"

„Sie macht aus ihren Praktiken keinen Hehl. Vor allem die Gefahr, ertappt zu werden, scheint sie besonders zu erregen."

Wir sahen uns an und wussten, dass es nach dem Durchhecheln der Geheimnisse anderer zwischen uns soweit war. „Ich bin ja froh, dass mir gleich ein Dildo natürlichen Ursprungs zur Verfügung stehen wird", eröffnete Felicitas mir, „aber vorher gibt's Arbeit, mein Lieber."

„Wie meinst du das?"

Wortlos erhob sie sich, tätschelte ihren Po und sagte: „Bitte!" Das klang wirklich bittend, sodass ich schwankend wurde. „Magst du das wirklich so gern?"

„Weißt du, eine Männerpranke ist halt flächendeckender als ein weibliches Patschhändchen. Ein solch' schnuckliges Rosa wie bei unserer ersten Begegnung und nach der Begegnung deiner Hände mit meiner Kehrseite hatte ich nie zuvor und auch nie mehr danach gesehen."

Ich starrte sie verblüfft an. „Hast du hinten Augen?"

Felicitas gluckste. „Keine von euch hat's gemerkt, dass ich bei Jacci kurz ins Bad gehuscht bin und mir die Bescherung ansah. Wie sieht's also aus?"

Ich druckste ein wenig herum. Dann stammelte ich: „Wenn ich daran denke, wie mühelos du vorhin die beiden Kotzbrocken fertiggemacht hast …"

„Na hör' mal!" Ein beinahe mitleidiger Blick streifte mich. „Erstens bist du kein Kotzbrocken und zweitens werde ich kaum tätlich werden, wenn du mir meinen ausdrücklichen Wunsch erfüllst. Na los, hau' mir endlich den Arsch voll!"

Ich räusperte mich. „Okay. Wie möchtest du's? Auf enge Jeans, aufs Höschen oder auf den Nackten, in klassischer Spankingpose über meinem Schoß oder gebückt über die Wäschekommode?"

Sie lachte wieder ihr wohltönendes Alt. „Kommode, auch wenn sie einen Nachteil hat."

„Welchen?"

„Die Schläge auf die ‚falsche' Backe kommen meistens weniger gut. Sie tun weh, ohne richtig zu klatschen."

„Ich bin auch mit der Linken recht treffsicher."

„Überredet. Zur Wand begrenzt sie ein Spiegel, sodass ich meine Visage betrachten kann, wenn ihr Kollege hinten malträtiert wird und sie mit einer Grimasse reagiert. Ich glaube, das setzt allem Vergnügen die Krone auf."

Langsam verspürte ich die Lust anklopfen. Das Pläneschmieden, gemeinhin Vorfreude genannt, hatte beinahe für mehr knisternde Erotik gesorgt als der Vollzug selbst. Den galt es nunmehr durchzuziehen. Felicitas entblößte sich gänzlich und nahm die besprochene Pose ein. Ihre Schinken streckten sich mir einladend entgegen und ich legte los, wie gewohnt zunächst verhalten und dann immer intensiver. Leider gelang mir nicht, mich gleichzeitig auf die sich ausbreitenden roten Flecken und ihr Gesicht im Spiegel zu konzentrieren, das sich bei jedem Schlag verzerrte. Das sah im Einklang mit ihrem rhythmisch im Takt schaukelnden

Vorbau unglaublich sexy aus. Sie unterdrückte ihre Pein nicht, denn ab und zu stieß sie ein „au, aua, boah, puuh" oder Ähnliches hervor. Auf ihrer Stirn zeigten sich immer deutlichere Schweißperlen.

Wie abgemacht ließ ich nicht von ihr ab, bis die angeforderte durchgehende Tönung vollendet war. Als ich meinte, dass es genug sei, hörte ich auf und sagte: „So, jetzt müsstest du zufrieden sein. Besieh dir das Kunstwerk und beurteile es."

Felicitas stellte sich auf einen Stuhl und mit dem Rücken vor den Spiegel, um die Verwüstungen zu begutachten. Während sie damit beschäftigt war, die heißen Flächen durch Streicheln zu beruhigen und immer wieder „genau richtig!" murmelte, widmete ich mich ihrer Vorderfront, deren sensitiver Bereich genau in der passenden Höhe vor meinem Gesicht laszive Bewegungen vollführte. Ich packte ihr Becken, um es zu arretieren, führte meine Zunge zu der betreffenden Stelle und begann zu lecken, damit sich Felicitas nachher nicht mehr lange zu stimulieren brauchte. Ich hätte nicht gedacht, wie aufgeheizt sie schon war, denn nach wenigen Sekunden spürte ich ihren Vaginaerguss. Sie stöhnte, dass ich befürchtete, sie habe Schmerzen, aber sie beruhigte mich, dass die Laute reinem Wohlbefinden entsprungen seien. Das Brennen hinten würde es nicht beeinträchtigten, sondern steigern. Ich glaube, dass für einen Außenstehenden eine Frau geil aussieht, die ihre Hände auf die geröteten Pobacken gepresst hält und ihre Vorderfront von einem willigen Diener mit der Zunge bedienen lässt. Auch auf freier Wildbahn wird es als erotisches Signal eingeschätzt, wenn frau sich hinten dran fasst.

Wir schafften es in kein Bett und auf keine Liege. Geschätzt nudelte ich sie mehrere Stunden durch – natürlich nicht am Stück, das bringt nur ein Frosch fertig –, bis ich endlich so erschöpft war, dass ich die weiße Fahne schwenkte. „Ich glaube, ihr Frauen könnt solange und sooft ihr wollt", sagte ich neidisch.

Felicitas atmete tief ein und aus und erwiderte: „Wir haben unsere Tricks. Einmal feucht kann ich auch mal aussetzen und ins Leere jauchzen, ohne dass du das merkst. Ich gebe aber zu, dass auch ich jetzt am Rand meiner Kräfte bin.“

Ich sah sie unendlich liebevoll an. „Und dessen hast du dich bisher entsagt?“

Ihr Blick war mindestens ebenso liebevoll, als sie hauchte: „Allein dafür habe ich die Tracht Prügel mehr als verdient. Sieh' sie als Kasteiung an, das, was die mittelalterlichen Mönche als Flagellantismus bezeichneten. Das ist jetzt aber vorbei.“

Küssen und schmusen liegt auch drin, wenn alle anderen Ressourcen aufgebraucht sind. Symbiotisch aneinander gekuschelt schliefen wir im Morgengrauen glücklich ein.

Andrea spielt Komödie

Unverschämtheit, zu behaupten, ich hätte einen schwammigen Arsch! Na gut, ganz so hat sich Frowin nicht ausgedrückt, als Feli ihn fragte, warum er bei unserem ersten Zusammentreffen in Jaccis Wohnung ihren und nicht meinen als Fickmatratze gewählt habe. Jacci und Rita seien gleich 'rausgefallen, weil er ihre Sitzflächen erkannt – das hätten wir uns denken müssen! – und Lust auf Neuland gehabt habe.

Seitdem hat sich im Geflecht unserer Beziehungen einiges geändert. Obwohl weiterhin offiziell verheiratet, bin ich zu Jacci gezogen und nunmehr ihre Gespielin, während Frowin zwischen unserer ehemaligen gemeinsamen und nun von Feli allein belegten Bleibe und seiner und Ritas hin und her irrlichtert, um mal die eine, mal die andere zu begatten – wann mag er Zeit zum Arbeiten finden? Soweit ich weiß, beackert er bei jeder sein Spezialgebiet, Fellatio bei Rita und Cunnilingus bei Feli. Damit er bei meiner früheren Geliebten auch etwas hat, darf er ihr ihre Pobacken polieren und sich anschließend zwischen sie ergießen. Das hätte ich nie von Feli gedacht!

Ein bisschen in mich gegangen bin ich – rein geistig, meine ich! Nach eingehender Prüfung musste ich zugestehen, dass es meiner Kehrseite wirklich an Straffheit gebrach, und meldete mich in einem Fitnessstudio an, um den Missstand zu beseitigen. Jacci bestätigt mir, dass ich – also er, der Po – sichtbare Fortschritte macht. Das ist glaubwürdig, denn sie verdrischt ihn mir inzwischen viel ausgiebiger als vorher. Oder spüre ich die Schläge nur intensiver mangels Speck? Egal, ich empfinde jedenfalls eine Win-win-Situation.

Auch unser berufliches Umfeld hat sich geändert, und zwar durch unseren überzeugenden De Sade-Film. Mich hat der juckende Vagabund als Kamerafrau engagiert und Feli als Model, weil ihr Mienenspiel atemberaubend gewesen sei, als Frowin sie auspeitschte. Deshalb sehen wir uns ab und zu, was mir nicht so recht ist, aber auf rein dienstlicher Ebene funktioniert.

Ich bleibe kurz bei Feli, denn eine Sache gilt es abzuarbeiten. Sie war eine ganze Weile nervös und unruhig und ich glaubte auch zu wissen, warum. An dem Abend, an dem sie und Frowin zusammengefunden hatten, hatte die Polizei nämlich ganz in der Nähe unserer ehemaligen gemeinsamen Wohnung zwei Typen so übel zusammengeschlagen aufgefunden, wie ihr Leumund war. Der eine hatte derart schwere Verletzungen davongetragen, dass er kurz darauf an innerer Blutung starb, und des anderen Gesichtsknochen waren in einem Maß zertrümmert, dass die plastische Chirurgie etliche Jahre brauchen wird, um ihm wieder ein menschenwürdiges Leben zu ermöglichen.

Ich weiß, dass Feli seit ihrer Kindheit asiatische Kampfsportarten betreibt, hatte aber nie herausgefunden, wie wehrhaft sie tatsächlich ist. Ihre Drohungen gegenüber Reiner, der Jacci böse mitgespielt hatte, hatten jedenfalls ernstzunehmend geklungen. So ernstzunehmend, dass der Typ es mit der Angst zu tun bekam und sich seitdem nie wieder in unserer Nähe blicken ließ, wie Feli es ihm abverlangt hatte.

Ich fragte mich, ob die beiden Überfallopfer nicht in ihre Hände geraten waren. Allerdings waren sie als bis zur Unkenntlichkeit zugerichtet geschildert worden, sodass ich bezweifelte, dass eine zarte Frau, die Feli ist, die Verursacherin gewesen sein könnte. Offenbar kamen die Fahnder zu demselben Schluss, denn obwohl alle Bewohner der umliegenden Wohngebäude befragt worden waren, fiel nie ein Schatten des Verdachts auf sie. Vermutlich hatte sich die Tätersuche auf einen 2½-Zentner-Muskelprotz konzentriert.

Nach einigen Monaten wurde der Fall ungelöst ad acta gelegt und verschwand aus dem Bewusstsein der Öffentlichkeit.

Vielleicht mit ihren Füßen …? Dass Ihro Federgewicht es auch ohne Trampolin einer Sprungfeder gleichzutun fähig ist, weiß ich dank einiger ihrer Vorführungen. Vor allem ihr Reaktionsvermögen und ihre blitzartige Schnelligkeit, die jene des Lichts alt aussehen lässt, hatten mich beeindruckt.

Mir fiel jedenfalls auf, dass sie ab dem Augenblick der ad acta-Meldung wieder ihre alte Gelassenheit ausstrahlte.

Zurück zu mir und meinen Befindlichkeiten. Oberflächlich gesehen bin ich glücklich. Ich habe eine tolle Partnerin, die mich höchstens mit sich selbst hintergeht, wohne mit ihr in einem tollen Appartement und habe einen tollen Job, der mir ermöglicht, meinen Anteil an unserem gemeinsamen Luxus mühelos zu tragen. Leider ist der Mensch nicht auf dauerhaftes Glück ausgelegt. Irgendetwas fehlt ihm immer. Was mir fehlte, war für mich nahezu 30 Jahre lang kein Thema gewesen. Und plötzlich …

Es war unbestreitbar, dass meine biologische Uhr unwiderruflich ablief. Heute ist es medizinisch kein Problem, wenn eine Frau mit Ende 40 zum ersten Mal entbindet. Allerdings führt das zu der unvermeidbaren Konsequenz, dass sie bereits im Großmutteralter ist, wenn das Kind die gymnasiale Mittelstufe besucht. Der Gedanke, dass bei Spaziergängen hinter unserem Rücken gemurmelt würde: „Ist das nicht wunderbar, wie sich Oma und Enkelin verstehen?" verursacht mir prophylaktische Übelkeit.

Eile tat Not. Meine Einstellung zu Männern haben Jacci und Rita in ihren Berichten hinlänglich angedeutet. Ich befand mich folglich in einer Zwickmühle. Darauf zu hoffen, dass alle zweitausend Jahre eine Jungfrauengeburt drin läge und die ausgerechnet mich beglücken würde, schien mir arg mutig. Da ist das Knacken des Jackpots wirklichkeitsnäher. Langsam musste ich meine Leinen auswerfen.

Jacci und ich saßen in dem Wohnzimmer, in dem wir einst zu fünft dessen Prunkstück, das Poster mit der Frauenrosette, aufgehängt hatten und diesen Anlass mit einer tollen Spankingparty gefeiert hatten. Das heißt toll für eine.

„Das wurmt dich heute noch, dass Frowin Felis Arsch deinem vorgezogen hat?"

„Heute wäre es wahrscheinlich anders. Du hast ja gesehen, dass mein Training Erfolg zeitigt und meine Backen schön straff geworden sind. Du hast dich selber mehrfach zufrieden geäußert."

Wir standen gerade passend in der Küche vor der magischen Maschine, die in Kürze unseren Zaubertrank ausspucken würde, sodass Jacci mir, wie um meine Worte zu bestätigen, kräftig einen hinten drauf haute. „Geb' ich zu. Vergiss aber nicht, dass Feli im Anschluss an den Popoklatsch ihre Fotze hat hergeben müssen. Ich glaube nicht, dass dir das gefallen hätte."

„Das wäre auch nicht das Thema. Es wäre möglicherweise, anders als bei Feli, bei dem einen Mal geblieben. Das hätte wahrscheinlich gereicht."

Der Kaffee war aufgegossen und wir saßen im Angesicht der Rosette gemütlich um den Wohnzimmertisch. „Andrea, du sprichst in Rätseln."

„Erinnere dich an vorangegangene Gespräche, die sich um Volllesben mit Kinderwunsch drehten."

„Ich bin für künstliche Befruchtung. Ich steuere gern einen Anteil bei, wenn dir dass zu teuer ist."

„Danke, das ist lieb. Das möchte ich aber nicht. Ich möchte schon gern wissen, was die Gene taugen, die ich austrage. Bei künstlicher Befruchtung bleibt ja der Vater geheim."

„Und du denkst, Frowins wären in Ordnung?"

„Nach allem, was ich mitgekriegt habe, ist das so. Gebildet und kultiviert, gesund und kräftig und ein positiver Mensch. Was will man oder besser gesagt frau mehr?"

„Er vermöbelt aber auch ganz gern Mädels die Hinterteile."

„Was machen wir denn? Ich habe Rita einmal unauffällig interviewt. Er macht das nur, wenn das Mädel das ausdrücklich billigt oder wünscht und hält sich strikt an die abgesprochene Abfolge und Stärke. Das geht in Ordnung."

„Ganz anders als der Scheißreiner."

„Und die meisten anderen Typen."

Jacci rührte den latte macchiato um und nahm den letzten Schluck der schaumigen Mischung zu sich. „Die Frage ist, ob es wirklich mit einem Mal sein Bewenden gehabt hätte, Andrea. Weißt du, schwängern klappt nicht unbedingt auf Kommando."

„Das Problem haben Frauen, die jahre- oder jahrzehntelang die Pille genommen haben und deren Hormonhaushalt infolgedessen durcheinander geraten ist. Das ist bei mir nicht der Fall, denn ich habe ja nie verhütet. Wozu hätte ich als Lesbe das tun sollen? Wann mein Eisprung ist, weiß ich. Wenn ich in dieser Periode eine Samenspritze bei mir 'reinlasse, müsste es auf Anhieb klappen. Künstliche Befruchtung wird ja auch nur einmal durchgeführt, und zwar zum richtigen Zeitpunkt."

Jacci betrachtete bedauernd die verbliebenen Blasen in ihrer Tasse. „Ich glaube, ich mach' mir noch einen." Dann sah sie mich an. „Warum suchst du dir nicht einen Kerl, mit dem du solange 'rummachst, bis es klappt. Wie ich die Männer kenne, wird der sich wahrscheinlich verdünnisieren, sobald ihm zu Ohren kommt, dass du in Umständen bist, und du hättest erreicht, was du wolltest."

Ich wand mich ein bisschen. „Ich müsste eine Zeit lang mit ihm herumknutschen und so tun, als liebe ich ihn. Das liegt mir nicht. Am liebsten wäre mir, dass der Spender seine Vaterschaft überhaupt nicht erfährt."

Jacci lachte. „Also gar nicht merkt, wen er da fickt?!"

Ich sah sie mit großen Augen an. „Das wäre ideal."

„Von hinten im Dunkeln?"

Ich schlug mit der flachen Hand auf den Tisch. „Das wär's! Weißt du was? Wenn du erlaubst, laden wir Rita am Samstag zum Kaffee ein. Da werde ich sie über ihre Praktiken aushorchen und sie einweihen. Ohne ihre Hilfe kann's nicht gehen."

Jetzt war es Jacci, die große Augen machte. „Ehrlich gesagt ist mir dabei mulmig zumute. Das wäre ein Komplott, für das Reiner mir eine geknallt und ich das akzeptiert hätte. Wir können Rita natürlich trotzdem am Samstag zum Kaffee herbitten."

Frauen reden miteinander offenherzig über Sex und begrabschen sich auch dann unbekümmert, wenn sie keine Lesben sind – Dinge, die Männer nie täten. Geht es um Nachwuchs, werden auch sie zurückhaltender. Ich hatte mit Jacci schon mehrfach darüber gesprochen, wie es wäre, wenn wir gemeinsam ein Kind großzögen, und sie hatte sich recht angetan gezeigt. Sie wollte keinesfalls eines austragen, sah sich aber ohne weiteres in der Rolle des Vaters, wenn ich das besorgen würde.

Die eben geschilderte Diskussion war nicht die erste ihrer Art, aber die erste, die zu einem halb ausgegorenen Plan geführt hatte. Als Rita eintraf, bemerkte sie sofort unsere Verlegenheit. Wir kannten uns gut und lange genug, dass wir an Mienenspiel und Betonung ablesen können, was die andere bewegt.

„Was ist?" fragte sie unvermeidlicherweise, nachdem wir uns zum Kaffee niedergelassen hatten.

„Was soll sein?"

„Komm', Jacci, lass' uns nicht um den heißen Brei herumreden", fuhr ich ihr in die Ahnungslosen-Parade. Ich wandte mich an Rita. „Du hast es gemerkt. Wir haben ein Anliegen, und zwar ein heikles – so wie ich es sehe."

„Du oder ihr beide?"

„Es betrifft hauptsächlich mich. Wir sprechen seit einiger Zeit darüber, ein Kind großzuziehen."

„Ihr habt es zwar nicht an die große Glocke gehängt, aber das habe ich sehr wohl gemerkt. Ich finde das lobenswert, kriege jedoch den Zusammenhang mit mir nicht hin. Ich kann euch bestimmt keins machen."

„Du nicht." Ich wagte nicht, direkt weiterzusprechen. Rita sah mich neugierig an. Ich war überzeugt, dass sie wusste, worauf ich hinauswollte. Sie sah mich weiterhin gebannt an, als wolle sie mich hypnotisieren. Ich schluckte, denn mir wurde bewusst, dass es mir obliegen würde, den erklärenden Satz auszusprechen. Sollte ich vorher ablenken, etwa mit der Frage, was sie, Frowin und sie, bezüglich Familiengründung vorhätten, oder direkt …?

Direkt! Ich räusperte mich. „Du hast einen Mann im Haus, Rita."

Ihre Reaktion war unergründlich. Nach längerem Schweigen, das peinlich zu werden drohte, sagte sie: „Ja, habe ich. Und ich bekenne, dass ich froh darum bin."

Ich erkannte, dass sie diese Antwort lange überlegt hatte. Nun war an mir, meinen Tastversuch in Klartext zu gießen. „Er sollte in der Lage sein, eine Frau zu schwängern."

„Soll das ein Vorwurf sein, dass wir keine Kinder haben?"

Sie hatte mich völlig missverstanden! Ich versuchte, die Unstimmigkeit auszuräumen. „Um Himmels Willen, das ist gänzlich eure Sache und meine ich auch nicht. Ich meine, er wäre doch ein fantastischer Samenspender …"

„Sag' bloß, du legst Wert darauf, seine Gene zu vervielfältigen?!"

Endlich! Rita hatte es begriffen. „Hm, ja. Ich bin überzeugt, dass da etwas Gescheites bei 'rauskommt."

„Das wird schwierig. Die Verwalter der Samenbanken sind sehr verschlossen und schon gar nicht kann eine Frau bestimmen, wessen Dosis sie erhält."

Ach, Rita, stell' dich doch nicht begriffsstutziger als du bist! Von vorn: „Daran dachte ich auch nicht."

„Ich habe immer geglaubt, du würdest aufgrund deiner Neigung diesen Weg wählen. Ich warte seit längerem darauf, dass du mir erzählst, du hättest dich behandeln lassen."

„Ich würde mich überwinden, mich – wie damals bei Jaccis Wohnungseinweihung – von einem Mann direkt nehmen zu lassen."

Rita lehnte sich zurück und atmete einige Male hörbar ein und aus. Dann sagte sie: „So ist das! Ich fühle mich geehrt, dass du meinen Mann für würdig befindest. Ich unterstütze dich, denn einen besseren wirst du in näherer und weiterer Umgebung nicht finden. Frag' ihn ruhig. Meinen Segen hast du und hat auch er. Ich schaue da ohne jede Eifersucht zu. Oder auch nicht, wenn dir das lieber ist." Sie zögerte, weiter zu sprechen. „Du weißt ja, dass er's mit Feli sowieso treibt."

Die erste Klippe überwunden! Zur Not würde es dabei bleiben, aber die anonyme Variante wäre mir lieber. „Er macht sich gar nichts mehr aus spanken?"

Rita war über den Kurswechsel sichtlich irritiert. „Warum fragst du das? Ich denke, in deinem Fall ist's mit Beine-auseinander-und-'rein-damit getan."

„Schon. Aber ich frage mich, ob Frowin überhaupt erfahren soll, dass er Vater wird."

„Daher weht der Wind! Von hinten bei Schummerlicht ist nicht unbedingt erkennbar, was für ein Kopf draufsitzt, das stimmt. Ich fürchte allerdings, dass sich unsere Hinterteile fühlbar voneinander unterscheiden."

Ich stand auf und drehte Rita meine Kehrseite zu. „Ist dir nicht aufgefallen, dass ich fleißig trainiere? Ich bin davon überzeugt, dass meiner nicht mehr ausladender als deiner ist."

„Oder Felis." Rita grinste.

Hatte ich mir damals so deutlich meinen Unmut anmerken lassen, dass immer noch alle darauf herumhackten?! Anscheinend! Ich hob meinen Rock hoch, ließ meinen Slip fallen und forderte sie auf: „Na los! Hau' feste drauf! Dann wirst du merken, dass ich einen sportlichen Stoßdämpfer zwischengeschaltet habe."

Das Vergnügen ließ sich Rita nicht nehmen. Nach Durchführung gab sie zu: „Stimmt, du hast deine Straßenlage deutlich verbessert. Ich könnte mir denken, das dir sogar mein Spankingrock passt."

„Die Dinger hast du noch?" Zum ersten Mal seit längerer Zeit meldete sich Jacci zu Wort.

„Sogar beide, aber keines mit ausgeschnittenem Arsch. Da kann ich mir das Geld sparen und den Fummel gleich weglassen, denn auf Latex oder Leder knallt's viel besser."

„Ist er oder sind sie denn in Benutzung?"

„Waren sie immer, Andrea. Nach unserem De Sade-Film hatte Frowin eine Zeitlang keine Lust mehr, so sehr hatten ihn die Auspeitschungen mitgenommen …"

„Das spricht für ihn."

„Finde ich auch. Ich wollte aber gern meinen Po spüren. Seine Wärme strahlt nämlich unnachahmlich nach vorn ab und stimuliert zuverlässig."

„Das brauchst du uns nicht zu sagen. Was hast du denn unternommen?"

„Mich selbst verdroschen. Auf dem Fummel zieht die Haarbürste am besten, aber für die hatte ich keine Verwendung, denn ihr Stiel ist zu kurz. Also nahm ich einen Kochlöffel. Hinterher war ich so aufgegeilt, dass ich mit wenigen Handgriffen mein Ziel erreichte."

„Du sagst war? Ist das heute anders?"

„Frowin empfand Vergnügen dabei, bei meiner Selbstkasteiung zuzuschauen und sich dabei einen zu wichsen. Es war ja nicht seine Hand, die mir Schmerzen zufügte, und das hat ihn beruhigt. Ich glaube, Feli hat ihn wieder zurückgebracht. Frag' mich nicht, ob sie ihm ein blaues Auge angedroht hat, sollte er sich weigern." Rita hielt inne, um ein bisschen zu kichern. Dann fuhr sie fort: „Jedenfalls nahm er nach einer Weile wieder den Kochlöffel, das heißt die Haarbürste zur Hand. Nun machen wir's wie früher: Er haut mir den Arsch voll, schiebt das knallenge Nichts-chen über meine Hüfte und fickt mich durch."

„Bei Schummerlicht?"

Rita grinste erneut. „Ich werde ihm das mal vorschlagen. Erst war ich über deine Idee schockiert, Andrea. Ich gebe aber zu, dass sie 'was hat. Ihm mittendrin eine andere Fotze unterzuschieben, ohne dass er das merkt, betrachte ich als Herausforderung an die Regie."

„Das ist doch unsere Kernkompetenz."

Jetzt platzte Rita laut heraus. „Seit De Sade?"

„Spätestens!" Ich spürte, dass Jacci die Idee nach wie vor nicht besonders lustig fand. Ihr waren wohl nur zu gut die Backpfeifen in Erinnerung, die sie als Lohn für unsere Gucklochintrige kassiert hatte, und schien enttäuscht, dass sich Rita dank guten Zuredens meinerseits für eine weitere Täuschung begeisterte.

●

„Ein bisschen kneift's, aber es reicht!"

„Das ist normal. Das Ding muss ja knackeng sein", erwiderte Rita. „Wir müssen nur schauen, ob es auch in gebückter Pose über deinen Allerwertesten zu ziehen ist." Es ging mit knapper Not. „Frowin ist kräftig und wird das Kind schon schaukeln." Rita war regelrecht ins Schwitzen geraten. Sie hatte mir den roten Latexfummel überantwortet, denn ihren noch teureren Lederrock mochte sie nicht aus der Hand geben beziehungsweise einem fremden Becken anvertrauen.

Es war völlig unverdächtig, dass ich im Haushalt Rita/Frowin auftauchte. Wir besuchten uns längst nicht mehr im selben dichten Rhythmus wie früher, aber ab und zu kam es weiterhin zu Kaffee und Gedankenaustausch.

Ich verhehlte Rita meine Dankbarkeit für ihr Verständnis und ihre aktive Beihilfe nicht. Mittlerweise gingen wir das konkrete Planungsstadium an. „Jetzt müssen wir die passende Gelegenheit finden."

„Ich denke, nächsten Samstag", schlug Rita vor.

Ich rechnete. „Passt wunderbar, besser als der Spankingrock. Das ist der 14. Tag meines Zyklus, also nach Beginn der letzten Monatsblutung. Das gilt als der ideale Tag für eine fruchtbare Empfängnis."

„Es ist so", erläuterte Rita, „dass wir werktags für ausgedehnte Spielchen keine Lust haben, denn wir haben ja beide einen verantwortungsvollen Job. Ein bisschen rammeln vor dem Einschlafen und es hat sich. Wenn ich am Wochenende mein Hau-drauf-Dingelchen anziehe, weiß Frowin sofort, was ich will."

„Wir müssten es nur schaffen, uns auszutauschen, ohne dass er es merkt. Ich meine, wenn du in deinem Schwarzen den Hintern schwenkst und plötzlich 'was Rotes über das Sideboard gebückt ist, fällt das dem dümmsten Mann auf – und Frowin ist kein Dummkopf."

„Das hat mit Dummheit nichts zu tun, sondern mit Geilheit. Und dazu neigt er durchaus. Du hast aber Recht. Wir werden jetzt üben, uns so schnell wie möglich das Ding vom Leib zu reißen und wieder anzuziehen."

„Apropos Frowin: Wo ist er eigentlich?"

Rita gluckste. „Heute ist Mittwoch. Da nimmt er sich immer den Nachmittag frei, um Feli zu beglücken. Dieser Pflicht widmet er sich mit voller Konzentration. Wir brauchen also keine Angst zu haben, dass er plötzlich 'reinplatzt."

„Und du glaubst, wirklich, dass er nichts schnallt?"

„Ein gewisses Risiko ist dabei, aber mehr als dir den Arsch versohlen kann er eh' nicht und das tut er ja sowieso." Rita gluckste wieder. „Ich verhalte mich normalerweise still, sowohl beim gespankt als auch beim gefickt werden. Unmittelbar darauf muss ihn etwas ablenken, damit er kurz den Exekutionsraum verlässt. Dann tauschen wir in Windeseile die Rollen."

Der Samstag sollte als logistisches Meisterstück in die Geschichte eingehen. Ritas und Frowins Zeitmanagement war bestens eingespielt. Sofern nichts anderes als ein Besuch anstand, lümmelten sie auf der Couch, daddelten auf ihren Smartphones herum und taten nichts, bis sich entweder Rita in ihre Robe zwängte und vor ihrem Mann lasziv aufbaute oder Frowin eine entsprechende Frage stellte. Heute stand Besuch an, aber Besuch, von dem nur Rita wusste.

Ich hielt mich im Schlafzimmer versteckt, denn das betrat Frowin tagsüber mit an Sicherheit grenzender Wahrscheinlichkeit nicht. Dieses hatte sowohl Zugang zum Ankleideraum als auch zum Bad, das in die Ecke zwischen beiden Räumen eingebaut war. Ich wurde langsam kribbelig, als Rita die Tür öffnete und zischte: „Es ist soweit. Los!" Sie zerrte ihr rotes Dingelchen über ihre Hüftknochen und ich stülpte es mir über, so schnell mir das möglich war, und lugte in den von Rita so bezeichneten Exekutionsraum. Niemand. Ich huschte zur Kommode und bückte mich darüber. Ich war mir sicher, dass diese sonst von einem Spiegel zur Wand hin begrenzt wurde, aber den hatte Rita wohlweislich entfernt. Was sie Frowin dazu erzählt oder ob ihm die Veränderung überhaupt aufgefallen war, entzieht sich meiner Kenntnis.

Ich hörte schwere Männerschritte und Frowins Stimme, die sagte: „Soso, schon zurechtgelegt. Sowas von Gier. Das muss leider bestraft werden, meine Liebe. Zwanzig Hiebe mit der Haarbürste. Einverstanden?"

Ich brummte zustimmend und hoffte, dass er die andere Modulation nicht wahrnahm. Vor allem hoffte ich, dass ihm der Unterschied zwischen Ritas Dunkelblond und meiner brünetten Haarpracht nicht auffiel. Dass beide Schöpfe die gleiche Länge aufwiesen, hatte ich unter Einsatz eines Frisörbesuchs am Vortag sichergestellt.

Frowin bemerkte weder den kleinen optischen Unterschied noch billigte er meiner Reaktion eine Bedeutung zu, sondern fuhr fort: „Und weitere Zwanzig wegen Widerworten am Mittagstisch. Auch einverstanden?"

„Hm-m." Hör' auf zu quatschen und fang endlich an! Ja, er tat mir den Gefallen, denn er war jetzt so vorgeheizt, dass er es selbst nicht mehr erwarten konnte. Als der erste Schlag fiel, hätte ich beinahe aufgeschrieen. Mensch, tat das weh! Ich hatte gedacht, Latex würde dämpfen, aber das Gegenteil war der Fall: Es verstärkte! Liebe Rita, du bist ganz schön abgehärtet! Ich werde bei Gelegenheit prüfen, ob sich bei dir hinten Hornhaut gebildet hat. 20 Mal hieß es, die Zähne fest zusammenbeißen, um mich nicht zu verraten, und ab dem 21. spürte ich wohlige Wärme sich ausbreiten und kaum noch Schmerzen. Ein Phänomen, das mir nicht ganz unbekannt ist. In der Auslaufphase wurden die Schläge auch objektiv schwächer, denn Frowin überfielen die männlichen Instinkte. Ich bin mir nicht einmal sicher, ob er die Strafexpedition zu Ende führte, bevor er das Latex über meine Hüfte schob ich etwas völlig Fremdartiges verspürte: Einen heißen, harten Gegenstand in meiner Vagina. Die Stöße kamen heftig und ich bedauerte fast, dass ich ihnen meiner eigenen Philosophie nach nichts abgewinnen durfte. Egal, kühle Flüssigkeit ergoss sich in meine Gebärmutter und ich hatte mein Ziel erreicht. Wann, zum Teufel …

Ein schepperndes Geräusch drang aus dem Badezimmer. Frowin, dessen fünfte Extremität sich gerade zurückgezogen hatte und im Begriff war, einzuschrumpfen, fuhr hoch. „Was, zum Teufel …?" Ich hörte, wie sich seine Schritte zur Geräuschquelle wendeten, und eine Tür quietschen.

Ich drehte mich zum Schlafzimmer. Im Türspalt sah ich Rita, die mir zuwinkte. Wie ein Blitz war ich bei ihr und vom Ankleideraum aus nicht mehr zu sehen. Ich zerrte mir den Fummel 'runter und Rita ihn über ihre Beckenknochen. Sie war gerade rechtzeitig wieder bei der Kommode eingetroffen, als Frowin zurückkam. „Und?" fragte sie harmlos.

„Einer deiner Handspiegel ist auf die Fliesen gefallen und zerbrochen. Vermutlich hast du ihn nicht stabil hingestellt."

„Oh, das tut mir leid. Ich werde sofort die Scherben aufkehren."

„Hab' ich schon. Nicht, dass wir uns da dran verletzen."

„Vielen Dank. Ich werde mich erkenntlich zeigen – du weißt schon, wie. Fürs Erste mach' ich uns Kaffee."

„Gute Idee."

Der intime Trakt ist von der Küche aus nicht einsehbar und ich wusste, dass ich nun Zeit haben würde, mich halbwegs zurecht und vom Acker zu machen. Zügig, aber nicht hektisch säuberte ich mich, wobei ich zum Abtrocknen das von mir mitgebrachte Handtuch benutzte, und zog mir einen Slip an, um mich unten herum abzudichten. Dann warf ich ein Kleid über und schnupperte, ob die Luft rein war. Rita hielt ihren Frowin wohl mit weiblichem Geschnatter in der Küche fest. Das gab mir die Gelegenheit, durch den Flur zum Ausgang zu schleichen und den komfortablen vier Wänden adieu zu sagen.

Auf der Straße atmete ich auf. Ganz hatte ich die Klebrigkeit in meinem Schritt mit Absicht nicht beseitigt, denn Frowins Hinterlassenschaft sollte ja einige Arbeit leisten. Na, dann strengt euch mal an, ihr Spermien! Angeblich bleibt ihr bis zu 24 Stunden frisch.

●

Zum ersten Mal seit langer Zeit saßen wir vier Frauen wieder in unserem ehemaligen Stammcafé. Die Säulenhalle aus Frauenwaden unter dem Tisch zog wie einst die Blicke der männlichen Gäste in ihren Bann. „Ich glaube, es ist derselbe Tisch, an dem unsere erste gemeinsame Zusammenkunft stattgefunden hat", murmelte Rita. Wir waren alle ein bisschen verlegen, denn es galt die eine oder andere Unstimmigkeit auszuräumen.

Ich räusperte mich und musterte Felis Gesicht. Meine ehemalige Geliebte sah erschrocken woanders hin, aber ich war gewillt, die hochgekurbelte Zugbrücke wieder herabzulassen. „Feli", sagte ich leise.

„Ja?"

„Schau' mich bitte an." Widerstrebend gehorchte sie. „Es haben sich Misstöne zwischen uns ergeben. Jetzt, da sich die Verhältnisse geändert haben, und zwar auch zu meinen Gunsten, möchte ich, dass wieder normale Verhältnisse zwischen uns herrschen. Ich gönne dir deine Beziehung von Herzen, denn ich vermisse nichts mehr. Kannst du damit leben?"

Felis Züge wurden weich. „Ich bin erleichtert und dankbar, dass du mich das fragst. Eigentlich wäre das meine Aufgabe gewesen. Ich sage dir aus vollem Herzen ja – ich bin glücklich, wenn du es bist."

Ich reichte ihr meine Hand hinüber. „Dann schlag' ein. Alles soll – nein, nicht wie früher, das ist nicht möglich – aber in freundschaftlichen Bahnen abgehen."

Jacci und Rita hätten unserem Händedruck an liebsten applaudiert, wollten aber kein Aufsehen erregen und taten ihre Zustimmung mit Lächeln und Kopfnicken kund. Feli meinte sich auch an Rita wenden zu müssen. „Ich weiß, meine Liebe, dass ich deine Toleranz überstrapaziere, denn du bist seine Frau und bleibst es. Aber ich liebe Frowin über alles und bin bereit, für immer die zweite Geige zu spielen, wenn ich nur weiter mit ihm zusammen sein darf."

Rita atmete tief ein und aus. „Du strapazierst sie, aber überstrapazierst sie nicht, Feli. Ich weiß, dass er mittwochs zu dir geht und habe das bisher bewusst nicht unterbunden. Ich habe erkannt, dass zwischen euch eine gewisse Seelenverwandtschaft besteht, und gönne sie ihm, denn auch ich liebe ihn."

Feli errötete und holte tief Luft. Anscheinend gab es noch etwas zu beichten. „Danke, Rita. Ich komme zurück auf den Begriff überstrapaziert, denn vielleicht empfindest du das Ganze ab jetzt so. Ich bin nämlich schwanger. Ich brauche, glaube ich, nicht zu erklären, von wem."

Rita schwieg eine Weile. „Hast du das mit Absicht in die Wege geleitet?"

„Nein, das versichere ich dir. Ich habe nie verhütet, denn das war überflüssig, solange ich es nur mit Frauen zu tun hatte. Nun habe ich mir, als ich mich das erste Mal mit einem Mann, nämlich Frowin, einließ, darüber keine Gedanken gemacht. Sträflich, ich weiß. Nun, da es ist wie es ist, bin ich darüber glücklich und gewillt, meinen Nachwuchs unter allen Umständen auszutragen."

„Nicht nur du."

„Was sagst du, Rita?"

„Ich habe vor einiger Zeit mit Frowins Einverständnis die Pille abgesetzt. Vor ungefähr drei Wochen hat's auch bei mir geschnackelt. Da es sich um ein Wunschkind handelt, gelten deine Worte natürlich auch für mich, Feli."

Ich meldete mich zu Wort. „Aller guten Dinge sind drei."

Zwei Köpfe fuhren herum. „Was, du auch? Wie hast du das denn hingekriegt?"

Ich grinste. „Jungfrauengeburt. Nach zweitausend Jahren war es mal wieder soweit. Nein, im Ernst, natürlich nicht. Erlaubt mir aber, das Verfahren vorerst für mich zu behalten." In ihrer Verblüffung hatten Feli und Jacci nicht gemerkt, dass Rita keine Miene verzogen hatte.

Nun wandten sich aller Augen Jacci zu, die sich zu der überraschenden Dreifacheröffnung nicht geäußert hatte. Sie wirkte indes nicht unglücklich, sondern hob selbstbewusst den Kopf. „Und ihr glaubt, dass ich als einzige leer ausgegangen bin?"

Auf diese provokante Frage hin herrschte – für eine Frauengruppe ungewöhnlich – Schweigen. Jacci räusperte sich. „Auch ich muss dir 'was beichten, Rita. Auch ich bin nämlich in Umständen und auch ich verhehle den Erzeuger nicht."

Rita sah sie mit weit aufgerissenen Augen an. „Das wusste ich wirklich nicht."

„Ich erzähle es dir. Ich hatte eine Schwangerschaft lange abgelehnt und gedacht, wenn Andrea es schafft, langt das für unsere Frauenfamilie. Eines Tages wandelte sich meine

Anschauung, warum, weiß ich nicht. Irgendwie scheinen wir alle zum selben Zeitpunkt auf den Einfall gekommen zu sein, dass unsere biologische Uhr abläuft und wir allmählich loslegen sollten. Du, Rita, warst und bist in der besten Situation. Wir andern mussten uns etwas einfallen lassen." Sie schluckte, fuhr aber tapfer fort: „Ich erfuhr vor einigen Wochen, dass du dich mit Feli zu einem Einkaufsbummel verabredet hattest. Das bedeutete zweierlei: Du wärst für einige Stunden ausgeschaltet und Frowin wahrscheinlich zu Hause, denn euch dabei zu begleiten tut er sich nicht an. Ich kenne meinen Zyklus und wusste, dass der Tag passte. Ich nahm meinen ganzen Mut zusammen, klingelte bei euch und tatsächlich eröffnete Frowin mir."

„Warum hätte er das nicht tun sollen?"

„Weißt du, Rita, es musste so viel zusammen harmonieren, dass ich alles als Wunder hinnahm, was wie geplant eintrat. Letztlich harmonierte alles. Ich verzichtete auf jedes Süßholzraspeln und erklärte ihm rundheraus, dass ich Mutter werden möchte und er die richtige Spritze besäße, um mir zur Heilung zu verhelfen."

„Und er hat sich einverstanden erklärt?!" Ritas Lächeln geriet anzüglicher als sie möglicherweise beabsichtigt hatte.

„Nimm's ihm bitte nicht übel, Rita, ein Mann kann nicht anders."

„Das weiß ich."

„Danke. Im Nachhinein habe ich mir überlegt, dass meine Methode absolut liebestötend war. Zum Glück hat das Frowin nicht so empfunden. Er kannte meine inneren Werte von unseren ‚Hintern-versohlen-Partys', die wir zu Reiners Zeiten regelmäßig durchführten. Damals war ich anders gepolt und ich war gewillt, zu diesem einen Zweck die Reise in die Vergangenheit anzutreten. Allerdings erlaubte ich ihm nicht alles. So durfte er mich nicht küssen. Ich schob mir das Kleid hoch, denn ich weiß, dass er darauf abfährt, drapierte mich auf der Holzliege in eurem Fitnessraum auf den Rücken und platzierte die Füße seitlich auf dem Boden, sodass meine Vagina einladend geöffnet war. Er durfte mich begrabschen, bis sein Werkzeug einsatzfähig war, und dann seinen Hodeninhalt dort hinein entleeren, wo es die Natur vorgesehen hat. Das war's. Sobald ich abgefüllt war, erhob ich mich, bedankte mich artig und verabschiedete mich. Ich schwöre dir, Rita, mehr war nicht."

„Schon gut. Es scheint ja auf Anhieb geklappt zu haben, denn von einer Wiederholung war nicht die Rede."

„So ist es."

Ich kicherte. „Es ist folglich so, Mädels, dass hier vier werdende Mütter sitzen, deren Kinder alle vom selben Vater abstammen …"

„Deins auch?"

„Ja, ich bekenne es. Das erinnert mich an die Gesetze des Koran, denn der erlaubt einem Mann vier Frauen. Nun sehen wir sozusagen Vierlingen entgegen, denn alle haben denselben Vater. Ich glaube, diese Konstellation ist aller Freizügigkeit zum Trotz in Europa einmalig."

Plötzlich war die Stimmung entspannt. Wir widmeten uns unseren Obsttörtchen und sprachen über alltägliche Dinge wie die Wahl des idealen Nagellacks oder das Outfit einer angesagten Influencerin. Bevor wir uns trennten, platzte ich mit einer abschließenden Ermahnung heraus: „Denkt dran, Mädels, mit Spanking ist's für die nächsten neun Monate vorbei. Schwangere Frauen dürfen nicht geschlagen werden."

Ein verrückter Zufall wollte es, dass Felis Sohn Frank, Jaccis Tochter Ursula, Ritas Tochter Susanna und mein Sohn Heinz am selben Tag des Februar darauf das Licht der Welt erblickten. Da gestand ich Frowin endlich, dass auch Heinz von ihm gezeugt worden sei. Zu meiner Erleichterung erfüllte ihn das mit Stolz. „Darauf, dass mein Erbgut von euch allen auserwählt wurde, bilde ich mir wirklich etwas ein", war sein Kommentar. Als ich ihm die Vertauschungskomödie schilderte, kam er aus dem Lachen nicht mehr heraus. „Ich erinnere mich wie gestern an den Tag, als im

Bad der Spiegel zu Boden fiel und zu Bruch ging", bestätigte
er mir. „Dass das zu einem abgekarteten Spiel gehört hat,
wäre mir nie in den Sinn gekommen."

„Hast du tatsächlich nicht gemerkt, dass die Grotte, in die du
deinen Schnidiwutz versenktest, gar nicht Ritas war?"

„Da muss ich dir gestehen und auch dir, Rita, dass es ab
einem bestimmten Grad der Erregung keine Rolle spielt,
welche Spalte sich auftut. Ein Mann ist da gewissenlos."

Nun werden unsere Pseudo-Vierlinge wie Geschwister auf-
wachsen und ich fürchte, dass wir Frauen von denen auf
Trab gehalten werden. Aus meiner eigenen Kindheit und
Jugend kocht mir die Erinnerung hoch, welch' genialen
Blödsinn eine pfiffige Heranwachsende auszubrüten fähig
ist. Und in Zukunft genialer Blödsinn mal vier …

Aber das führt zu einer ganz anderen Geschichte, die ich
vielleicht in zwanzig Jahren erzählen werde.

Ende des Rosettenzyklus'

Stellvertreterin Regula

Vor dem Ersten Weltkrieg waren die Sitten und Zustände völlig anders als hundert oder auch nur fünfzig Jahre später. So waren Körperstrafen gang und gäbe, vor allem in katholisch geprägten Regionen.

Nehmen wir beispielhaft das Entlebuch im Kanton Luzern. Verkehrsmäßig war es an die Kantonshauptstadt und an Bern angebunden, denn die Bahnstrecke Bern – Luzern durch das Emmental und das Entlebuch ist seit 1875 durchgehend in Betrieb. Natürlich dauerte es mehrere Stunden bis zu einer der Magistralen, denn die kurzatmigen Dampfloks waren zu keinem nennenswerten Vortrieb fähig. Hatten sie dann auch noch sieben klapprige zweiachsige Wagen mit hohem Rollwiderstand am Haken, war es den Verabschiedenden ein leichtes, eine ganze Weile mit dem sich beschleunigenden Zug mitzulaufen und ihren Angehörigen zuzuwinken. Dazu muss gesagt werden, dass sich die Entlebucher lieber nach Osten wandten, denn im Emmental und vor allem in der Bundesstadt hatte die Reformation Einzug gehalten, und mit der wollten die Mattliger lieber nichts zu tun haben.

Damit sind wir in dem Dorf angekommen, in dem diese Geschichte spielt. Mattligen hatte es im Lauf der Zeit auf einige hundert Einwohner gebracht und sich dadurch eine gewisse Bedeutung im Umland erkämpft. Anerkennung hatte vor allem eine Rechtsordnung gefunden, die häusliche Gewalt und Willkür von Familienvorständen eindämmen sollte. Ein sozial empfindender Schultheiß hatte sie bereits im 19. Jahrhundert erdacht und Ordnung in das Chaos häuslicher Handgreiflichkeiten gebracht. Vorauszuschicken ist, dass immer noch undenkbar war, Züchtigungen gänzlich zu verbieten. So entstand folgende Tarifliste. Sie liest sich für das 21. Jahrhundert kurios, bedeutete aber für die Frauen des 19. eine spürbare Erleichterung ihrer Lebensumstände. Sie waren nämlich berechtigt, sich beim Schultheiß zu beschweren, wenn sie sich ungerecht behandelt fühlten oder zu heftig geschlagen worden waren, und es kam mehr als einmal vor, dass dieser nach sorgfältigem Verhör der Beschwerdeführerin Recht gab und den fehlbaren Ehemann oder Vater dazu verurteilte, ihr einen Franken Bußgeld zu ihrer persönlichen Verwendung auszuhändigen.

<u>Kinder</u>
Leichte Vergehen	10 Stockhiebe
Mittelschwere und schwere Vergehen	20 "

<u>Ehefrauen</u>
Leichte Vergehen	10 Stockhiebe
Mittelschwere Vergehen	20 "
Schwere Vergehen	30 "

<u>Geschlechtsreife Töchter</u>
Leichte Vergehen	10 Stockhiebe
Mittelschwere Vergehen	20 "
Schwere Vergehen	30 "
Verführen eines unverheirateten Mannes	40 "
Verführen eines verheirateten Mannes	50 "

Schwangere Frauen zu schlagen ist verboten

Auf andere Körperteile als das Gesäß, vor allem ins Gesicht schlagen ist verboten

<u>Leichte Vergehen</u> sind Anbrennenlassen des Essens, ungenügend gereinigter Sonntagsstaat des Familienoberhaupts und Vergreifen an dessen Biervorrat – Bei Kindern: Süßigkeiten stehlen, Hausaufgaben vernachlässigen

<u>Mittlere Vergehen</u> sind Widerworte und Zeigen mangelnder Unterwürfigkeit – Bei Kindern: Die Schule schwänzen, frech zum Lehrer sein

<u>Schwere Vergehen</u> sind Ungehorsam und Verweigern der ehelichen Pflicht

Zur Ausübung der genannten Genugtuungen ist in jedem Haushalt ein Rohrstock vorzuhalten

Eine merkwürdige Sitte speziell in Mattligen bestand darin, dass die zugelassenen Züchtigungen halbwegs in der Öffentlichkeit stattfanden. War das Verdikt gesprochen und die Ehefrau oder Tochter hatte es akzeptiert, rückte der Mann einen Küchenstuhl mit der Lehne voran an das Fenster und positionierte ihn in passendem Abstand, sodass die Delinquentin bequem ihre verschränkten Arme auf der Fensterbank abstützen konnte. Dann hieß er sie, sich auf die Sitzfläche zu knieen. Meistens war bekannt, wann eine Bestrafung anstand, und die Nachbarschaft versammelte sich rechtzeitig vor dem Ort des Geschehens. Wenn das Gesicht der Hausfrau oder -tochter vor dem Fenster auftauchte, wussten alle, dass es soweit war. Im Winter blieb der Laden geschlossen und die Zuschauer mussten sich mit dem Anblick begnügen, wie die Miene der Delinquentin beim Auftreffen des ‚in jedem Haushalt vorzuhaltenden Rohrstocks' zuckte. Im Sommer, bei geöffnetem Fenster, war auf der Straße zusätzlich das Wehgeschrei zu vernehmen, das jeden dieser Treffer begleitete. Dazu ist anzumerken, dass sich keineswegs nur Männer an dieser Form der Unterhaltung ergötzten.

Der Varianten waren zahlreiche. So gab es Frauen, meist kräftiger Natur, die sich Prügel verbaten und nachhaltig mit der Drohung untermauerten, ihrem Kerl sonst am nächsten Tag ein Pilzgericht zu servieren, oder ihm gleich mit dem Nudelholz eins drüber brieten.

Die andere war zwiespältiger Natur. Gemeint sind Frauen, die sich mit der Zeit an den Tarif anpassten. Das häufigste Vergehen bestand darin, aus der Speisekammer oder dem Keller einen Schluck oder auch einen ganzen Krug Bier zu stibitzen, wenn eine das ewige Brunnenwasser satt hatte. Üblicherweise versuchte sie das zu verheimlichen, um der Strafe zu entgehen. Es gab auch verständnisvolle Männer, die den kleinen Diebstahl zwar bemerkten, aber wortlos darüber hinweggingen oder ihrer Frau sogar anboten, sich sanktionslos nach Belieben zu bedienen.

So verständnisvoll waren aber die meisten nicht und die Frauen nahmen ihr Erwischtwerden bewusst in Kauf. Die abgebrühtesten ließen den geleerten Krug offen auf dem Küchentisch stehen, wiesen den Mann bei seiner Heimkehr darauf hin und drückten ihm gleich den Stock in die Hand. Dann schoben sie selbst den Stuhl vor das Fenster, knieten sich darauf, warfen eigenhändig ihren Rock über die Hüfte und streckten in Erwartung der Stockhiebe ihr entblößtes Gesäß in die Luft. Meistens waren sie es, die den Nachbarn nicht viel zu schauen gaben, denn so ungerührt wie sie ihre eigene Verurteilung provoziert hatten, so ungerührt steckten sie die Hiebe auch weg. Manchmal fragte sich der Ausführende, ob seine Frau etwa Vergnügen an dem Vorgehen empfand und er es war, der die Rolle des Opfers übernahm. Manchmal begaben sich diese Undurchschaubaren unmittelbar nach Empfang ihrer Tracht Prügel in den Ort, angeblich um einzukaufen, in Wirklichkeit aber, um vor Freundinnen ihren Rock hinten zu lüpfen und ihre leuchtenden Trophäen zu zeigen. Dabei durften sie nicht ertappt werden, sonst setzte es wegen ‚mangelnder Unterwürfigkeit‘ nochmals mindestens zehn, eher aber zwanzig. Oder wollten sie vorsätzlich ertappt werden?

Vom entblößten Gesäß war die Rede, weil es damals als unschicklich galt, wenn eine Frau eine Hose trug. Nun waren die Kleider mindestens knöchellang und es deswegen Neugierigen auch auf Holzbänken bei Volksfesten theoretisch verwehrt, einen Blick darunter zu erhaschen. Praktisch hatten sich die Frauen Möglichkeiten ausgedacht, ihrem Favoriten einen zu gewähren. So war es ab und zu unerlässlich, den Stoff über die Knie zu schieben, um sich darunter zu kratzen. War der Juckreiz unglücklicherweise auf den Innenseiten ihrer Schenkel verortet, blieb ihnen nichts anderes als diese leicht zu öffnen.

Die Zeit war in merkwürdiger Weise prüde und freizügig zugleich. So geschah es, dass während einer Unterhaltung, die zwei Bauersfrauen miteinander auf offener Straße führten, die eine unvermittelt die Beine spreizte, so weit es ihre Krinoline zuließ, und es fröhlich zu plätschern begann. Vorbeiflanierende Männer fanden daran nichts Anstößiges.

Nach und nach verselbstständigten sich die zu Beginn aufgeführten Regeln. So wurde es Sitte, dass eine andere die

Bestrafung auf sich nahm, wenn sie es für opportun hielt. Vor allem den Töchtern, die mit einem Knecht im Heu erwischt worden waren, fiel es schwer, die darauf stehenden 40 Stockhiebe auf ihrer zarten und empfindlichen Haut zu ertragen. Die Mütter waren es, die als erste darauf kamen, bei dem Familienoberhaupt um Gnade zu bitten. „Das ist ja zum Steinerweichen. Wie viele hat sie noch zugute? 28? Komm', erlass' der Gretel ihre und zähl' den Rest mir auf."

●

Nun gab es doch Frauen, die Hosen anhatten, und das waren die Dirnen, wie Prostituierte seinerzeit genannt wurden. Da das mit den Hosen nicht sofort erkennbar war, trugen diese ihre Haare offen, während anständige Frauen nicht ohne Kopftuch das Haus verließen. Dirnen unterlagen keinen häuslichen Pflichten und wurden mangels Gebieter bei Verfehlungen auf dem Rathausplatz vom Gerichtsdiener gezüchtigt. Zu diesem Zweck war darauf ein Podest errichtet, das 70 Zentimeter in der Höhe und zwei mal zwei Meter im Karree maß. Davor hatten sich die Fehlbaren zu knieen und über die Platte zu beugen. Taten sie das ohne Murren, hatte es normalerweise mit zehn Stockhieben sein Bewenden. Leugnen trotz zweier gut beleumundeter Zeugen zu ihren Ungunsten oder Wiederstand vor dem Vollzug, sodass zwei weitere kräftige Männer die Delinquentin festhalten mussten, erhöhte das Strafmaß jeweils um zehn. Da das Ganze in der Öffentlichkeit stattfand, durften die Dirnen ihre Hosen anbehalten – nicht, dass die zuschauenden Ehemänner auf dumme Gedanken kamen. Die Delikte bestanden meistens im Diebstahl geringfügiger Geldsummen oder in einer frechen Sprache gegenüber einem angesehenen Bürger des Dorfs.

Bezeichnenderweise so gut wie nie in Zechprellerei. Der Grund ist leicht zu erraten. Auch Dirnen haben Hunger und Durst und betreten zu diesem Zweck Gasthäuser, vorzugsweise von Männern geführte. Dort erheischen sie Speis' und

Trank gegen Bezahlung in Naturalien. Diese bestehen bei einem Bier darin, dass der Wirt ihren Busen drücken oder ihr einen kräftigen Klaps auf das Hinterteil geben darf. Für eine vollwertige Mahlzeit gestattet sie ihm, ihre Hose hinunterzuziehen, um die Qualität dessen zu prüfen, was sich darunter verbirgt. Dabei darf er sich natürlich nicht von seiner Angetrauten erwischen lassen. Hartnäckige Gerüchte halten sich, dass die Herrin des ‚Hirschen‘ ganz zufrieden ist, wenn sich ihr Kotzbrocken tagsüber ausgetobt hat, sodass er sie abends zufrieden lässt. Völlig haltlos ist indes das Gemunkel, dass es sogar sie ist, die die Dienstleistung von Regula bezahlt.

Damit ist die Geschichte bei Regula angelangt. Regula ist ein typisch Zürcher Name und daher stammt sie auch. Sie war aufgrund der großen Konkurrenz aufs Land ausgewichen, denn sie sagte sich zu Recht, dass es bei den Bauern zumindest immer genug zu essen abzustauben gibt. Dass das einen Wechsel vom reformierten Zürich ins katholische Entlebuch bedeutet hatte, störte sie nicht. Um der Wahrheit die Ehre zu geben: Sie hatte es nicht wahrgenommen, denn um Kirchen schlug sie vorsichtshalber einen weiten Bogen. Ihre episkopatische Zurückhaltung, um auch in diesem Punkt wahrhaftig zu bleiben, beschränkte sich auf die Gebäude; zahlungskräftige Würdenträger waren ihr durchaus willkommen.

Am ergiebigsten sind Volksfeste. Zahlreiche Bauernsöhne sitzen auf dem Trockenen und sind gewillt, ihr und ihren Kolleginnen großzügige Unterstützung zu gewähren, wenn sie sie im Gegenzug in einige Geheimnisse des Lebens einweihen. Nun ist Regula nicht direkt eine Schönheit, zu groß und grobschlächtig geraten, hat sich aber den Ruf erworben, weitgehend schmerzfrei zu sein. Die Mütter sahen es mit einem lachenden und einem weinenden Auge, wenn ihre pubertierenden Burschen mit ihr anstießen, denn richtig gut fanden sie den Umgang nicht; andererseits würden sie einiges lernen, um einer künftigen guten Partie zu imponieren. Mädchen sollten tunlichst jungfräulich in eine Ehe gehen, während das von Jungs nicht erwartet wird.

Es kam vor, dass mehrere nach Liebe Lechzende Regula umlagerten und ihr immer weitere Krüge spendierten. Das Ergebnis war, dass sie manchmal betrunken genug war, um auch die letzten Hemmungen abzulegen, aber nicht so betrunken, dass sie als besinnungslos zu bezeichnen wäre, und mit drei Verehrern im Schlepptau in den Wald zog, um die spendierten Wohltaten abzuarbeiten.

Sie wusste, wo genügend Baumstümpfe in der richtigen Höhe darauf warteten, als Unterlage benutzt zu werden, und wusste auch, wie sie sich gut zur Geltung brächte. Zunächst war höchste Zeit, sich eines Gutteils des Gerstensafts zu entledigen, den sie nicht ohne Vergnügen konsumiert hatte. Sobald einiger Sichtschutz bestand, sagte sie: „So, Kerle, zunächst meine Blasenerleichterungseinlage. Ihr dürft zugucken, aber ich warne euch, euch einen zu wichsen. Dann habt ihr nachher zu wenig oder nichts mehr." Mit diesen Worten hob sie ihr Kleid vorn an, bis ihr Höschen sichtbar wurde, und pinkelte den Stoff voll. Meistens war der Druck groß genug, dass ein Strahl in schönem Bogen seinen Weg ins Freie fand. Bevor sie das Oberteil wieder fallen ließ, gewährte sie den Zuschauern einige Sekunden lang die Betrachtung der eingedunkelten Stelle, hinter der in Kürze ihr Paradiesgarten geöffnet würde.

Während ihr die Drei sabbernd folgten, grinste sie in sich hinein. Sie hatte als einzige ihrer Gilde erkannt, wie sehr Kerle darauf abfahren, eine Frau in ihre Hose urinieren zu sehen. Außerdem punktete sie mit einer weiteren Spezialität, die sie in Kürze aus dem Zauberhut ziehen würde. Sie sah, dass sie allmählich zur Sache kommen sollte, sonst würden sich die ersten Schwänze selbstständig entladen und dafür hatten ihre Besitzer nicht bezahlt.

Sie erreichte ihren Stammbaum, das heißt dessen verbliebenen Stumpf, und beugte sich darüber. „So, Kerle, es geht los. Leider seid ihr zu dritt. Leider, denn ich bediene gleichzeitig höchstens zwei. Könnt ihr euch denken, wie?"

Ratloses Gemurmel war die Antwort.

„Als Erstes schiebt ihr mein Gefummel über die Hüfte und zieht die Hose 'runter. Dann liegen zwei Sachen frei. Die eine ist klar. Die andere ist mein Mund. Der ist nämlich, richtig eingesetzt, meine zweite Fotze. Also, wer will vorn, wer will hinten? Der Dritte darf danach.“

Wie erwartet herrschte zunächst Verlegenheit. Für hinten fand sich schnell einer, aber sich mit entblößtem Glied vor Regulas Gesicht zu stellen bedurfte einiger Überwindung. Aber wie immer gab sich einer einen Stoß und bekannte hinterher, dass belutscht zu werden das Größte sei. „Ich will's nie wieder anders!“ tönte er vor versammelter Mannschaft. „Nur wirst du so keinen Sohn zeugen“, lachte Regula, als sie das hörte. Mit einer Fellatio dienten auch andere ihres Berufs, vor allem ihre schärfste Konkurrentin Moni, aber keine bis hinten in die Kehle und keine schluckte dann unauffällig das Sperma und leckte dann das Ding auch noch picobello sauber.

Nach einer Weile waren alle befriedigt und wollten Regula unbedingt nach Hause begleiten. „Nichts da, meine Lieben, eure Mütter erwarten euch schon. Denkt dran, ihr habt heute lediglich für eure spätere Angetraute geübt.“

„Aber du allein …?“

„Keine Bange, vor Frauen hab' ich keine Angst und für Männer hab' ich 'was.“ Zufrieden strebte sie den Heimweg an. Sie hatte es nicht eilig, obwohl bereits finstere Nacht herrschte, denn ihr Heim war das städtische Bordell, das mit Fug und Recht auch die Bezeichnung Obdachlosen- oder Frauenhaus verdient hätte. Was sie heute im Wald getrieben hatte, wäre normalerweise als Erregung öffentlichen Ärgernisses mit 50 Stockhieben geahndet worden, aber erstens sind bei Volksfesten etliche Regeln aufgehoben und zweitens hatten ihre Schüler die Gymnastik offenbar nicht als Ärgernis empfunden.

Beim Gehen genoss sie die klebrige Feuchtigkeit zwischen ihren Schenkeln und in ihrer Lustgrotte. In unregelmäßigen

Abständen hielt sie an und griff sich dazwischen, um durch Reiben an ihrer nassen Hose einen weiteren Orgasmus zu provozieren. Eine Obergrenze hatte sie an sich bis jetzt nicht ausgelotet. Sie fragte sich, ob das etwa pervers wäre, beruhigte sich aber mit dem Gedanken, dass das ja niemand je erfahren würde.

Gemäß der Bestimmung ihrer Behausung stand eine Batterie von Eimern mit Frischwasser bereit, deren Inhalt ausschließlich zur Reinigung der unteren Extremitäten nach ihrem von der Biologie vorgesehenen Einsatz bestimmt war. Den anstößigen Slip schmiss sie in einen Waschzuber, der ebenfalls Relikten von Flüssigkeitsaustausch zwischen den Geschlechtern vorbehalten blieb.

Obwohl offiziell wie eine Aussätzige behandelt, galten für sie einige Verbote nicht, die die ehrbaren Hausfrauen in ihrer Freiheit einschränkten. So durfte sie in der Öffentlichkeit Bier trinken, was ihren soliden Geschlechtsgenossinnen nur bei Volksfesten gestattet war. Allerdings durfte sie nicht in angetrunkenem Zustand Leute anpöbeln und schon gar keine Honoratioren. Das zog unweigerlich zehn Stockhiebe nach sich.

Es war wieder einmal soweit, dass welche fällig wurden. Gleich drei Dirnen standen vor dem bewussten Podest an, um sich abfertigen zu lassen. Von der vor ihr wusste Regula nur, dass sie Tura hieß und neu im Geschäft war. Sie zitterte und zagte und schien sich vor der Bestrafung entsetzlich zu fürchten. Hab' dich nicht so, dachte Regula, bücken, einkassieren und die Sache ist durch. Aber Tura schaffte das nicht und schrie bereits beim ersten Streich auf, als bekäme sie glühende Eisen in ihren Leib gebohrt. Beim zweiten ergoss sie sich in einem Tränenmeer, dass Regula Mitleid bekam und zum Gerichtsdiener sagte: „Hör' auf, Beat, das ist ja nicht zu ertragen."

„Aber ich muss …"

„Papperlapapp. Du musst zehn aufzählen, sonst nichts. Es sollte problemlos möglich sein, dass ich die acht Ausstehenden übernehme."

„Aber du kriegst doch selber zehn ..."

„Egal. Es ist nicht das erste Mal, dass ich zwanzig einfahre."

Der Gerichtsdiener brummelte eine Weile vor sich hin, aber Regulas Anliegen wurde von den vorwiegend männlichen Zuschauern unterstützt. „Geh' auf den Vorschlag ein, Beat. Du siehst doch, dass du Tura schier totschlägst. Das willst du sicher nicht."

Nein, das wollte Beat nicht, denn er war wahrlich kein Sadist. Unsicher sah er sich um, hörte aber immer denselben Rat. Schließlich sagte er: „Na gut. Regula, leg' dich aufs Schafott."

Jubel brandete auf, als die Vorgängerin sich erhob und Regula ihre Position einnahm. Dankbar sah sie ihre Retterin an, die sie beruhigte: „Schon gut, Tura. Kolleginnen müssen sich helfen. Du solltest dir aber ernsthaft überlegen, ob der Beruf der Richtige für dich ist. Früher oder später sind nun mal Stockhiebe fällig."

Beat stellte sich in Positur. „Regula, bist du bereit?"

„Ja, bin ich. Fang' an."

Sorgfältig unterschied er zwischen den acht Restlichen der Vorgängerin und den Zehn, die Regula selbst zugedacht waren. Als die Hiebe auftrafen, zuckte diese bei jedem zusammen und jammerte: „Au, aua, nicht mehr schlagen, bitte nicht ...". Das zog sie jedoch nur für ihre Kundschaft durch, weil die erwartete, dass die Delinquentin ihre Qual auch zeigte. Als sie sich nach dem Vollzug erhob, sah sie erfrischt wie nach einem Bad aus. Sie wandte sich an Moni, ihre Nachfolgerin. „Soll ich deine auch übernehmen?"

Moni grinste breit. „So siehst du aus. Auch meine Verehrer erwarten von mir Wehgeschrei." Kaltblütiges Aas! dachte Regula. Es war nämlich so, dass die geilen Hähne sich gern auf dem Rathausplatz versammelten, wenn wieder einmal

eine Nuttenbestrafung anstand. Die geschah nicht immer
zufällig, denn die Hähne steckten einer, von der sie wussten,
dass sie sich publikumswirksam verhielt, Zehn- oder auch
Zwanzigräppler zu, damit sie ein geringfügiges Vergehen
anzettelte, in dessen Folge sie auf den Rathausplatz zitiert
werden würde. Vor allem Monis und Regulas appetitliche
Rundungen, die sich unter der obszönen dreilöchrigen Be-
deckung abzeichneten, galten als Idealform zum Empfang
von Stockhieben. Auf diese Weise verdienten sich die beiden leichten Damen ein hübsches Sümmchen dazu.

Eines Tages hatte Regula einen Einfall.

•

Hauptsächlich von Töchtern versprach sie sich Zuspruch,
denn bei denen passte beides zusammen: Zarte und emp-
findliche Haut und die hoch bemessene Dosis, die auf ein
Schäferstündchen im Heu stand.

Zu ihrer besten Kundin wurde die Walli des Huberbauern,
die nymphomane Neigungen zeigte. Im selben Atemzug, in
dem eine fehlbare Tochter bekanntgab, dass sie ihr G'spusi
zu heiraten gedächte, waren ihr sämtliche Sanktionen er-
lassen, sie wurde gelobt und verwöhnt und sofort kamen die
ersten Gespräche in Gang, wie die Hochzeitsfeierlichkeiten
zu gestalten wären. Das wollte die Walli aber nicht, bevor sie
nicht die Qualitäten sämtlicher Burschen Mattligens aus-
probiert hatte, die sie als kräftig und leistungsfähig einstufte.
Als Folge davon erhielt sie mindestens einmal in der Woche
ihre 40 aufgezählt, denn es gelang ihr nie, die Zusammen-
künfte zu verheimlichen. Manchmal stellte sie sich so unge-
schickt an, dass sich beinahe eine Vermutung Bahn brach,
sie lege überhaupt keinen Wert darauf, unentdeckt zu bleiben.

„Manchmal", vertraute sie Regula bei ihrer ersten Zusammenkunft an, „beneide ich dich. Du darfst mit jedem und
sooft du willst ..."

„Es fordert aber einen hohen Tribut", erwiderte Regula, „so als Dirne, meine ich. Obwohl dich im Geheimen alle Männer schätzen, auch die ehrenwerten, giltst du offiziell als Aussätzige."

„Soll ich dir 'was sagen? Im Grunde habe ich längst denselben Ruf. Du hast aber recht: Die Burschen haben keine Hemmungen, sich dennoch mit mir einzulassen."

„Nimmst du denn Geld dafür?"

„Offiziell nicht, denn ich bin ja die ehrenwerte Tochter eines ehrenwerten Gutsherren. Wenn die Burschen aber darauf bestehen, mir ein paar Franken zuzustecken, sage ich nicht nein."

„Und diese Franken bist du bereit, mit mir zu teilen?" Walli schwieg. „Sag' mal", bohrte Regula nach, „warum brauchst du mich überhaupt als Stellvertreterin? Du hast mittlerweile sicher eine Hornhaut hinten?!"

„Ich verkrafte die Prügel besser als zu Anfang, aber 40 sind mir einfach zu viel. Ich habe die Idee, dass du mich nach der Hälfte ablöst. Zehn Rappen pro Hieb. Einverstanden?"

Zwei Franken innerhalb weniger Minuten zu verdienen war für die damalige Zeit eine Menge Geld. Der Bauer äußerte keine Vorbehalte gegen das merkwürdige Arrangement. Das mag erstaunen, ist aber leicht erklärbar. Auch er hatte des Öfteren Regulas Spaßeinrichtungen erforscht, wenn er die Bäuerin außer Sichtweite wusste, und machte sich nun ein Vergnügen daraus, ihren Hintern erröten zu sehen. Wenn er die Nuttenbestrafungen auf dem Rathausplatz verfolgte, wurde diese Änderung der Hauttönung leider von den Stoffhüllen der Delinquentinnen verborgen. Und nun war es sogar statthaft, dass die Bäuerin zugegen war, wenn sie eintrat. Leider durfte er sich im Anschluss an den Tanz seines Rohstocks nicht an der herrlichen Powärme gütlich tun, sondern musste sich mit der Ausrüstung seiner Angetrauten begnügen.

Da Regula das erkannte, überlegte sie sich eine neue Verdienstmöglichkeit. Um zu prüfen, wie erfolgversprechend diese sein mochte, befragte sie einige der Frauen, die des Öfteren des verbotenen Biergenusses überführt worden waren.

„Hast du das Gefühl, dass es deinen Mann heißmacht, wenn er dich prügelt?" war ihre Standardfrage, wenn sich eine Gelegenheit dazu ergab. Merkwürdig, wie bereitwillig die Befragten ihr, einer Ausgestoßenen, die gewünschte Auskunft erteilten. Jetzt erst erfuhr sie, die sich als mit allen Wassern Gewaschene gedünkt hatte, dass etliche von den Befagten ihren Freundinnen mit Stolz ihre rosafarbenen Striemen zeigten, sobald sie in die Freiheit entlassen worden waren.

„Das wusste ich nicht. Ein bisschen Spaß ist also dabei?"

„Hm, ja. Sonst passiert in diesem langweiligen Nest doch nichts." Das Geständnis entbehrte nicht einer gewissen Anrüchigkeit, aber nach einem wohlabgemessenen Zögern rückten die Hausfrauen damit heraus.

„Ich hatte dir nämlich anbieten wollen, für ein kleines Entgelt deine Schläge zu übernehmen."

„Auf keinen Fall! Aber meine arme Tochter …" Regula entsann sich, dass es genau jene Geschlechtsgenossinnen waren, die sich auf dem Rathausplatz zu den bewussten Anlässen versammelten und die Überzahl der Männer auflockerten.

Es gab auch Jammerlappen, die beim ersten Streich wie am Spieß aufschrieen und ihre Strafe gern abtraten. So erwarb Regula ihre Stammkundschaft und manchmal dreimal am Tag ein glühendes Gesäß, sodass mehr Aufträge zu übernehmen sie sich außerstande sah.

Dennoch wurmte es sie, dass offenbar eine Kollegin in ihre Fußstapfen getreten war. Und ihr dämmerte auch, wer diese Kollegin war.

Moni hauste in einem anderen Frauenhaus als Regula und ein Treffen in einem der beiden erschien ihnen nicht opportun. Als sie sich zufällig einmal im Dorf über den Weg liefen, zischte Regula ihr zu: „Am Samstag um zehn Uhr?"

„Von mir aus. Wo?"

„Nicht im Dorf. In der Lichtung mit der großen Linde."

„Einverstanden."

Besagte Lichtung lag ein wenig tiefer im Wald, sodass an einem Samstag, damals ein vollwertiger Werktag, nicht mit zufälligen Zeugen zu rechnen war. Beide waren pünktlich, denn das waren sie von Berufs wegen gewohnt. Sie standen sich gegenüber und sahen sich hasserfüllt an.

„Was nimmst du mir meine Kundinnen weg?"

„Es sind nicht deine. Wer die Bessere ist, den buchen sie."

Ein Wort gab das andere und bald fielen die ersten Beleidigungen. Die Frauen hatten den Fehler begangen, nicht genügend Abstand zwischen sich gelassen zu haben und den im Verlauf des verbalen Schlagabtauschs immer weiter zu verringern. So geschah es, dass nach Regulas „Schlampe" Monis Hand ausrutschte und sie Regula heftig ins Gesicht schlug.

Regula brauchte zwei Sekunden, um zu Atem zu kommen. Dann vergalt sie die Schmach mit dem Wort „Miststück" und derselben Aktion ihrerseits. Sofort erhielt sie Revanche und reagierte gleichermaßen. In ungefährem Dreisekundentakt fielen nun schweigend, aber mit verkniffenen Gesichtszügen, die dem Liebreiz der Damen abträglich waren, wechselweise die Ohrfeigen, bis nach jeweils einem Dutzend Erschöpfung eintrat. Weil beide Rechtshänderinnen waren, glühten beider linke Wangen in leuchtendem Rot und zeigten eine beträchtliche Schwellung.

Schock, Scham und Schmerzen führten bei beiden zu einer gewissen Einsicht. Moni war die Erste, die sich einen Stoß gab. „Warum machen wir uns eigentlich das Leben schwer? Ist nicht genug Kundschaft für uns beide da?"

Regula sah sie verblüfft an. So hatte sie das noch gar nicht gesehen, musste aber zugestehen, dass diese Erkenntnis alles andere als der Grundlage entbehrte. Die Prügelstrafen hatten sich geradezu inflationär gehäuft, seit sich vorzugsweise die appetitlichen Rundungen der Stellvertreterinnen den Rohrstöcken entgegenstreckten. Die Familienoberhäupter gingen sogar unverblümt so weit, deren rechtlich vorgesehenen Empfängerinnen zu einer Arbeit im Hof zu schicken und anzuweisen, ihn keinesfalls bei Ausübung seiner Pflicht zu stören. Nach Abschluss der Pflichtübung schlossen sie nämlich eine Kür an, die darin bestand, die unter den heißen und roten Schinken befindlichen Öffnungen daraufhin zu testen, ob sie weiterhin einsatzfähig seien. Müßig zu erwähnen, dass Regula und Moni willig ihre trainierten Vaginamuskeln spielen ließen, um das Testobjekt für den Rest des Tages leer zu melken.

Regula sah ein, dass ein Einlenken von Vorteil wäre. „Hm, stimmt. Vielleicht können wir uns gegenseitig vertreten, wenn's einer zu viel wird."

Moni rang ihren unsymmetrischen Zügen ein leicht verzerrtes Lächeln ab. „Das ist eine gute Idee. Wir müssten uns absprechen."

„Stößt du eigentlich auf Ablehnung, wenn du nicht mehr jungfräulich auftauchst?"

Das Lächeln verwandelte sich in ein Grinsen. „Ganz und gar nicht. Ich habe sogar das Gefühl, es geilt den Typ noch mehr auf, auf vorgeheizte Backen drauf zu dreschen."

Regula erwiderte das Grinsen, das bei ihr genauso schief aussah. „Dito. Erstellen wir also ab morgen einen Einsatzplan, immer abends nach der Schicht, turnusmäßig bei dir und bei mir."

„Einverstanden. Noch 'was, bitte."

„Was, Moni?"

„Ich habe als Erste zugeschlagen. Ich entschuldige mich bei dir."

Regula schloss die Augen und erweckte trotz ihrer Zeichnung den Eindruck eines Engels. „Und ich habe dich übel beschimpft. Auch ich entschuldige mich bei dir, Moni."

Zum ersten Mal reichten sich die ehemaligen Kontrahentinnen die Hände. Regula kicherte verlegen. „Gut, dass morgen Sonntag ist und wir frei haben. Wir werden uns nämlich bis dahin hier aufhalten müssen, um die Spuren unserer Diskussion zu verbergen." Während sie diese Worte sprach, berührte sie Monis verwüstete Gesichtshälfte, streichelte sie zärtlich und küsste sie. Moni tat es ihr nach.

●

Der Winter verging und Regula und Moni meinten, dass mehr Abwechslung in ihren ländlichen Alltag gehöre und auch, dass allmählich mehr Geld ins Haus fließen müsse. Nicht, dass sie nicht in der Lage gewesen wären, dank ihrer Nehmerqualitäten eine hübsche Summe zurückzulegen, aber bekanntlich verlangen Rücklagen in beinahe pathologischer Intensität, sich zu vermehren.

„Wir sollten eine Firma gründen", schlug Regula vor.

„Und was für eine? Hau' drauf und freu' dich?"

„Ein bisschen subtiler sollte es schon klingen. Ich denke an Mani- und Pediküre."

Moni lachte. „Das kriegen wir zwar auch hin, aber ich glaube nicht, dass das besonders einträglich ist."

„Dummchen. In Wirklichkeit wird es eine Peniküre und natürlich nicht auf diesem rückständigen Dorf."

„Wo denn? In Zürich, wo du herkommst?"

„Da fänden wir zwar ein Riesenkundenpotenzial reicher und fetter Knöppe vor, aber die Scheißzwinglis im Stadtrat dort werden uns so viele Steine in den Weg legen, dass wir über kurz oder lang aufgeben müssten. Ich denke an den toleranteren Aargau, möglichst nahe den Geldsäcken."

„Du hast dir schon etwas überlegt?!"

„Wettingen kurz vor Baden. Das ist vom Zürcher Hauptbahnhof mit der Spanisch-Brötli-Bahn in kürzester Zeit zu

erreichen und sicher dem einen oder anderen Geschäfts-
mann eine halbtägige Dienstreise wert."

„Hört sich gut an. Mich erstaunt, dass der katholische Aargau toleranter als das reformierte Zürich ist."

„Die reformierten Kantone bilden einen unglaublich vielfäl-
tigen Flickenteppich. Die Fundamentalsten und Striktesten
sind die Zwinglis, während die Genfer Calvinisten irdischen
Erfolg, auch pekuniären, als Hinweis auf Gottes Wohlwollen
deuten. Denen ist jedes Mittel zum Geldscheffeln recht,
vermutlich auch Beine-breit-Machen."

„Ein bisschen Französisch kann ich."

Regula sah ihre Partnerin liebevoll an. „Ob da ein bisschen
reicht …?"

„Beine breit versteht jeder Mann in jeder Sprache."

Regula seufzte. „Du bist ein hoffnungsloser Fall. Ein bisschen raffinierter möchte ich's schon aufziehen. Ich werde
dir jetzt meine Geschäftsidee präsentieren." Regula angelte
zwei Bücher aus ihrer Tasche und platzierte sie vor Moni
auf den Tisch. Diese beugte sich darüber und betrachtete
die Titelbilder. Das eine stellte einen nackten Mann dar,
vor dem eine ebenso nackte Frau kniet und ihm offensichtlich einen bläst, während er mit einer Peitsche den Po einer
zweiten, natürlich ebenfalls nackten Frau bearbeitet, die, an
eine zwei mal ein Meter messende Rohrrahmenkonstruk-
tion an Händen und Füßen gefesselt, aufrecht stehend die
Hiebe empfängt. „Die Peitsche würde ich durch den Rohrstock ersetzen, den wir gewohnt sind", kommentierte Regula. Es handelte sich um eine einfache Bleistiftzeichnung.

Das zweite Bild war farblich ausgemalt und um einige Stu-
fen harmloser. Eine Frau mit weit genug geöffneter Bluse,
dass ihre üppigen Brüste herausquellen, hat eine andere
über ihrem Schoß liegen, der sie ihr rüschenbesetztes Bie-
dermeierkleid so weit hochgeschoben hat, dass die bloßen,
bereits leicht geröteten prallen Hinterbacken der Trägerin
das Gemälde beinahe ausleuchten. Mit ernster Miene hält
die Vollstreckerin mit einer Hand das Kleid im Zaum und

holt mit der anderen gerade aus, um einen weiteren Schlag zu landen. Interessanterweise hat sie einen Lederhandschuh übergestreift. Die Delinquentin schaut zum Betrachter. Ihre Miene ist zwischen weinerlich und erschrocken interpretierbar.

„Marquis de Sade", murmelte Moni. „Woher, um alles in der Welt, hast du die denn?"

„Kaum von woanders als aus der Buchhandlung."

„Und du hast gewagt, die zu kaufen?"

Regula grinste. „Kaum. Es gibt nämlich hinten einen Raum, dessen Betreten für Frauen und Kinder untersagt ist. Dort stehen solche Bücher. Ich hatte einmal Gelegenheit, als sich der Ladenbesitzer mit einem herumzankte, der eine Reklamation vorgetragen hatte, dort hinein zu huschen und mich umzusehen. Dabei fielen mir die beiden Schwarten in die Hände."

„Und dann bist du kackfrech zur Kasse marschiert und hast sie dort hingelegt?"

„Quatsch! Ich knüpfte sie ins Strumpfband zwischen … Du weißt schon. Dann sah ich um die Ecke, ob die Luft rein wäre. Die beiden Herren waren immer noch damit beschäftigt, sich anzuschreien, sodass sie meinen illegalen Abstecher nicht bemerkt hatten. Nun schien ich ganz harmlos zwischen den Erbauungstraktaten herum zu suchen. Offiziell gekauft habe ich dann die Anleitung, wie man oder besser gesagt frau es zu einem sittsamen und braven Hausmütterchen bringt. Das brachte mir ein paar höhnische Bemerkungen vom Besitzer ein, aber die habe ich in Anbetracht meiner kostbaren Beute weggelächelt."

Moni vertiefte sich in die Illustrationen. „Und du meinst, das sollten wir den Herren der Schöpfung bieten?"

„Du weißt selbst, wie die auf Popoklatsch abfahren." Regula rückte näher an Moni heran und begann sie zu streicheln.

Moni erschauerte und war sofort bereit, dem Stimmungswandel ihrer Geliebten zu folgen. „Wann hast du gemerkt, dass du Frauen magst?"

„Seit unserer, äh, handfesten Aussprache im Wald. Als wir unsere glühenden Wangen küssten und aneinander rieben, war ich wie elektrisiert. Plötzlich verdrängten angenehme Wallungen das Brennen und plötzlich beseelte mich der unbändige Wunsch, alle deine Körperteile mit Fingern und Zunge zu erforschen. Und du?"

„Wahrscheinlich immer schon. Meine Verachtung für Männer hilft mir, sie mit mir anstellen zu lassen, was sie wollen. Ich nehme ihre Handlungen hin, ohne etwas dabei zu empfinden. Was dich betrifft, ging es mir ähnlich. Als wir unsere Verwüstungen zu lindern versuchten, kippte mein Hass in Zuneigung und ich stellte mir auch vor … Komm', lass' uns ein wenig unsere Flüssigkeiten ablecken."

Das Studio hatten Moni und Regula in den Keller verbannt, damit keine verräterischen Geräusche nach draußen drangen. Wettingen hatte sich als genau richtige Wahl erwiesen. Die Zürcher Geschäftswelt stand sozusagen Schlange, natürlich nicht physisch, das wäre zu auffällig gewesen, aber der Terminkalender der Damen war voll. Das Rohrgestell, das dem Titelbild aus dem einen Werk De Sades nachempfunden war, und ein Stuhl waren neben einer bequemen Chaiselongue die einzigen Accessoires, die zur Ausübung der vorgesehenen Szenen nötig waren.

Wie von selbst hatte sich die Rollenaufteilung ergeben. „Du bist die talentierteste Schwanzlutscherin unter der Sonne", hatte Moni bestimmt. „Da bei der Auspeitschung eine Fellatio nötig ist, werde ich die sein, die die Stockhiebe empfängt."

„Wollen wir nicht …?"

„Nichts da! Wenn wir ordentlich verdienen wollen, dürfen wir unsere Freier nicht enttäuschen. Revanche erhalte ich bei der Tracht Prügel im Sitzen. Die ist meine Sache, denn meine Titten sind praller als deine – nimm's mir nicht übel! –, während deine Pobacken draller sind und herzerfrischend wackeln, wenn sie durchgehauen werden. Deshalb sind bei der Variante sie es, die leider dran glauben müssen."

„Das ist eine gerechte Aufteilung, Geliebte."

Wer sich für die Auspeitschszene entschied, wählte gleich mit, auf welche Weise seine fünfte Extremität ihre regenerierende Massage empfangen sollte. Wer beim klassischen Hintern-Versohlen zuzuschauen gedachte, hatte die Qual der Wahl, ob er sich bereits während des Vollzugs einen wichsen oder sich zurückhalten wollte, bis dieser beendet war und eine der Damen ihre Öffnung bereitstellte. Meistens entschieden sich die Kunden für Regula, denn deren heißer Po lud zum rhythmischen Stoßen geradezu ein.

Die Idee mit dem Lederhandschuh erwies sich als sensationell, denn das Material klatschte viel erregender als die bloße Handfläche. Regulas Miene hatte drei Varianten im Repertoire: Die erste bestand im Weinen und Um-Gnade-Flehen, die zweite in Jauchzen und Kichern, als schüttele sie ein Orgasmus, und die dritte in seligem Lächeln, als wäre es das Schönste auf der Welt, sich den Arsch vollhauen zu lassen. Das Weinen-und-um-Gnade-Flehen verlangte zudem, dass Regula immer wieder den Kopf nach hinten wandte, als könne sie nicht fassen, was da ihrer mittleren Etage angetan wird.

Wenn Moni und Regula abends ihre Einnahmen zählten, verschwanden alle Schmerzen wie vom Winde verweht.

Nach Ausbruch des Ersten Weltkriegs, der die Schweiz direkt nicht, indirekt aber sehr wohl betraf, passte sich das Dorf Mattligen der Gesetzgebung des Kantons Luzern an. Nach Monis und Regulas Fortgang rissen sich verderbte oder auch nur abenteuerlustige Frauenzimmer förmlich um den Empfang von Stockhieben, sodass der Schultheiß die völlige Entartung der einst gut gemeinten Regelung, die sie zwischenzeitlich erfahren hatte, einsah und sie aufhob.

Moni und Regula hatten mittlerweile so viel Kapital angehäuft, dass die Gründung einer Manufaktur im Bereich des

Möglichen lag. Schon seit langem hatten sie sich erfolgreich mit dem Zusammenmischen von Salben und Schönheitscèmes beschäftigt und als Nebenverdienst verkauft. Nun, da sie älter wurden, wuchs der Neben- zum Hauptverdienst an und sie stellten fest, dass sie die Produktion nicht mehr allein bewältigt bekamen. Ihre Manufaktur in Wettingen entwickelte sich gut und zählte bald hundert Frauen, die das Zusammenmischen durchführten.

Die beiden ehemaligen Dorfnutten sahen sich plötzlich in die Rolle und die Verantwortung von Unternehmerinnen gedrängt und mit völlig anderen Aufgaben konfrontiert als denen, die sie bisher gewohnt waren. Ihre überragende Intelligenz und ihr Geschick halfen ihnen aber, auch diese Herausforderung zu meistern. Jetzt fehlte nur eins.

„Einem Konzern, der ein Familienbetrieb ist, sollte eine Familie vorstehen", meinte Regula eines Tages.

„Ich weiß, was du meinst, und denke auch schon länger daran. Geben wir also unsere Tricks zur Verhütung auf und versuchen es."

Sie fahndeten nach brauchbarem Erbgut. Ihnen war klar, dass sie das kaum unter den dekadenten Zürcher Millionären finden würden. Bald hatten sie ein junges und kräftiges, aber auch gebildetes Exemplar der Gattung ‚Mann' aus der Riege des Kleinbürgertums ausgeguckt, das die verlangten Eigenschaften in sich vereinigte. Sie waren nicht mehr die Jüngsten, aber immer noch attraktiv, und schafften durch gutes Zureden und dem Versprechen, im Erfolgsfall sein Studium zu finanzieren, dass er seinen Hodeninhalt in ihre Gebärmütter leerte und ihnen zur Schwangerschaft verhalf. Es sei vorweggenommen, dass er sich als guter Vater erweisen sollte und zusammen mit Monis Tochter und Regulas Sohn ein schlagkräftiges Triumvirat schuf, das allen Stürmen des freien Marktes bis zum Ausbruch des Zweiten Weltkriegs trotzte.

Der Kosmetikkonzern M&R Beautycare AG hält seinen Firmensitz nach wie vor in Wettingen im Aargau, obwohl er

in aller Welt Niederlassungen besitzt und manche in Übersee höhere Produktionsmengen ausstoßen als das Stammwerk. Mittlerweile sind die Urenkel der Gründerinnen am
Ruder. Ob sie wissen, unter welch' schlüpfrigen Umständen
ihr Unternehmen einst aus der Taufe gehoben worden war?
Und ob sie wissen, wofür M&R steht? Ersparen wir ihnen
die Peinlichkeit, sie danach zu fragen.

Evas Doktorarbeit

Elsbeth, Eva, Frieda und Veronica sind vier Freundinnen, die aus demselben Dorf im Entlebuch stammten, nämlich aus Mattligen. Zufällig hatten sie alle Ökonomie studiert und sich nach Abschluss in alle Ecken der Eidgenossenschaft verstreut – Elsbeth nach Luzern, Eva nach Zürich, wo alle Vier auch studiert hatten, Frieda nach Genf und Veronica nach St. Gallen. Nun ist die Schweiz übersichtlich genug und darüber hinaus mit einem vorbildlichen öffentlichen Verkehr gesegnet, sodass es für alle kein Problem bedeutet, am Wochenende in ihre Heimat zurückzukehren.

Alle hatten zufriedenstellende Stellen angetreten und sind schwankend, ob sie auf Karriere gehen, auf den Märchenprinzen warten oder den unbequemen Mittelweg einschlagen sollten, den Spagat zwischen verantwortungsvollem Beruf und Kindern zu meistern. Ihre Ausbildung betrachten drei von ihnen als abgeschlossen; einzig Eva hat den Ehrgeiz entwickelt, ihrem Master einen Doktor draufzusetzen. Ihr Wunschthema ist ein Beispiel aus der schweizerischen Industriegeschichte.

„Ich hab's gefunden", verkündete sie beim wöchentlichen samstäglichen Kaffeeklatsch stolz.

„Das Buch wieder, das du vorige Woche verhühnert hast?" Frieda entwickelt zuweilen einen Sinn für Humor, den nicht immer alle verstehen.

„Quatsch! Mein Studienobjekt."

„Soso." Veronica gähnte gespielt ausgiebig. „Ich bin gespannt wie ein Flitzebogen."

„Ach ihr! Ihr seid bloß neidisch. Dabei ist es hochspannend." Eva war unübersehbar begeistert, wie ihre geröteten Wangen bewiesen.

Ihrer Freundinnen sahen ein, dass sie Interesse heucheln mussten, wollten sie Eva nicht vollends vor den Kopf stoßen. „Dann erzähl' mal!"

„Es gibt doch das Unternehmen M&R Beautycare AG im aargauischen Wettingen. Ich habe nun 'rausgekriegt, dass das seine Wurzeln hier, in Mattligen, hat."

„Was? Unser verschlafenes Nest soll der Geburtsort eines Weltkonzerns sein?"

„Nicht direkt, aber seine Gründerinnen stammen von hier. Jedenfalls die eine, Moni. Die andere, Regula, stammt, soweit sich das recherchieren ließ, aus Zürich."

„Langsam bleibt nicht mehr viel übrig."

„Naja, zumindest die Idee stammt von hier. Das betrachte ich als verbürgt."

„Das heißt, du hast die Gedanken zweier Personen gelesen, die seit hundert Jahren tot sind?!"

„Nochmal Quatsch! Es war wohl so, dass sie hier als Nutten arbeiteten, damals Dirnen genannt."

„Huuregopferdori!"

„Benimm dich, Frieda. Es kommen wohl viele Komponenten zusammen. Eine davon war eine skurrile Verordnung, die genau vorschrieb, wie viele Stockhiebe Hausfrauen und Töchtern bei welchen Vergehen zu verabreichen war."

„Was für Vergehen um alles in der Welt?"

„Na, wenn die Hausfrauen zum Beispiel in der Öffentlichkeit Bier tranken oder die Töchter sich mit einem Bauernburschen einließen."

„Typisch! Die Herren der Schöpfung durften sich vollsaufen oder Frauen vergewaltigen und blieben ungeschoren. Eine Vergewaltigung wurde dem Opfer als Verführung zugeschoben."

„Weil sie ihre Knöchel sehen ließ!"

„Ganz so schlimm war es wohl nicht." Eva sah sich plötzlich in die Rolle der Verteidigerin alter Sitten und Gebräuche gedrängt. „Das Strafmaß durfte nicht überschritten werden und ich denke, Vergewaltigungen wurden auch bei Männern geahndet."

„Wer's glaubt …"

„Wie auch immer. Jedenfalls …"

„Auf was beliefen sich die Strafen?" Frieda zeigte einen Anflug morbider Neugierde.

„Fürs Biertrinken zehn Stockhiebe und für besagte Verführung vierzig …"

„Und was hat das mit dieser Beautycare-Firma zu tun?"

„Das wollte ich gerade erklären, aber ihr unterbrecht mich ja dauernd."

„Schon gut, wir hören dir zu."

„Wie viele absurde Gesetze und Vorschriften lief auch dieses irgendwann aus dem Ruder. Es war nämlich statthaft, seine – oder vielmehr ihre – Stockhiebe von einer anderen übernehmen zu lassen. Zu Beginn waren das meistens die Mütter, die die der Töchter auf sich nahmen. Dann kam eine Nutte auf die Idee, sich gegen gute Bezahlung als Stellvertreterin zu verdingen und für alle die die Prügel einzukassieren, die panische Angst vor Schmerzen hatten."

„Etwa mehrmals täglich?"

„Soweit ich das eruieren konnte, ja."

„Die muss ja einen Arsch aus Hornhaut gehabt haben."

„Nach längerer Übung sicher. Sie erhielt indes bald Unterstützung."

„Ich vermisse immer noch den Zusammenhang mit dieser Beautycare."

„Gemach, Ellie. Jetzt kommt's nämlich. Die Unterstützerin hieß Moni und die, die auf die Idee gekommen war, Regula. Moni und Regula, M & R. Fällt der Groschen?"

„Passt, kann aber ein Zufall sein."

„Ich habe mich in die Vorstandsetage in Wettingen vorgearbeitet. Als künftige Frau Doktor war ich anscheinend vertrauenswürdig genug, vorgelassen zu werden. Vollends öffnete mir meine Ankündigung Tür und Tor, dass meine Dissertation deren Laden zum Thema haben soll."

„Und was hast du' rausgefunden?"

„Nicht so ungeduldig, liebe Vera, ich bin schon da. Nämlich nicht viel. Einem der Herren war immerhin bekannt, dass die Abkürzung von den Vornamen der beiden Gründerinnen abgeleitet war – so ähnlich wie bei dem deutschen Modehaus C&A, was Clemens und August bedeutet."

„Wusste er die Namen?"

„Ich bin mir nicht sicher, ob er sie wusste oder ich sie ihm suggeriert habe. Jedenfalls standen am Schluss Moni und Regula fest."

Frieda wiegte ihren Kopf. „Du meinst nicht, dass die ganze Geschichte ein bisschen dünn klingt?"

„Ich habe meine Recherchen ja noch nicht abgeschlossen und hoffe, mehr herauszukriegen."

„Wann soll das Ganze denn passiert sein?"

„Vor dem Ersten Weltkrieg, also vor ungefähr 120 Jahren."

„Ganz schöne Tradition für diese Branche."

„Das Gründungsdatum ist im Handelsregister unzweifelhaft festgehalten. Was nicht so eindeutig ist, ist der Vorgängerbetrieb. Da habe ich einen Eintrag von Moni und Regula, Mani- und Pediküre, gefunden."

Frieda kicherte. „Das lässt der Fantasie jede Menge Spielraum."

„Ich glaube, du solltest dir mal einen Gigolo bestellen, der dich so ausgiebig durchnudelt, dass du keuchend auf dem Bett liegen bleibst."

„Also bitte! Als ob ich nicht ohne …"

„Ich kann erzählen, was ich will, du denkst immer an das Eine. Habe ich jedenfalls das Gefühl."

„Ist es nicht deine Fantasie, die mit dir durchgeht, Eva?"

„Jetzt beruhigt euch mal, ihr beiden", beschwichtigte Veronica. „Eva hat uns über den Stand ihrer Nachforschungen informiert, was diesen Pharmabetrieb angeht. Ich glaube, sie erzählt uns mehr, wenn sie die abgeschlossen hat."

„Kannst du mehr über diese seltsame Verordnung abson-
dern, die offenbar eine Mattliger Eigenart war?"

Eva grinste. „Wusste ich doch, dass ich euch damit heiß
machen würde. Im Grunde ist das Meiste gesagt. Prügelstrafen, gerechtfertigt oder nicht, waren vor hundert Jahren
gang und gäbe und vor allem Frauen und Kinder waren die
Zielscheiben. Ich gestehe dieser Verordnung zu, dass sie
im Einklang mit damaligen Gepflogenheiten versuchte,
den schlimmsten Exzessen Einhalt zu gebieten. So verbot
sie, die Frau ins Gesicht oder blutig zu schlagen. Schwangere Frauen zu schlagen war absolut untersagt."

„Und was waren die Vergehen? Zwei hast du ja schon genannt. Biertrinken in der Öffentlichkeit, sowas!"

„Außer an Volksfesten. Denk' an die USA oder Großbritan-
nien, wo es verboten ist, auf offener Straße alkoholische
Getränke zu konsumieren. Allerdings auch den Männern.
Was heute lächerlich klingt, sind zwanzig Stockhiebe bei
Widerworten oder mangender Unterwürfigkeit und sogar
dreißig bei Ungehorsam."

„Boah! Die dürften ganz schön gezogen haben."

Eva lachte wieder. „Für die obligatorischen Züchtigungen
hatte jeder Haushalt einen Rohrstock vorzuhalten. Obliga-
torisch! Das heißt, der Mann war gesetzlich verpflichtet,
seine Frau zu verprügeln, wenn sie das Essen hatte an-
brennen lassen."

Diese Aussage führte zu heftigen Diskussionen. „Was für
eine furchtbare Zeit!"

„Sie kannten es ja nicht anders."

„Trotzdem … Ich möchte nicht wissen, welche Schmerzen
unsere Geschlechtsgenossinnen damals haben erdulden
müssen."

„Sicher auch Hornhaut hinten."

„Wisst ihr 'was?" Frieda witterte wieder Oberwasser. „Ich
glaube, irgendwo in meinem Elternhaus fristet so ein Rohrstock in einer Kammer sein vergessenes Leben. Ich suche

das Ding und bringe es nächsten Samstag mit, sofern ich es finde. Dann probieren wir es an uns selbst aus und wissen, wie sich ‚Stockhiebe‘ anfühlten.“

„Du möchtest es wissen?! Typisch!“

Nicht mehr nachvollziehbar ist, wie nach der ersten Empörung der drei anderen nach und nach die Stimmung kippte. Eva fügte eine Mahnung an: „Denkt dran, dass die Frauen vor hundert Jahren keine Hosen trugen. Taten sie das doch, waren vierzig Hiebe fällig. Ausnahmen waren übrigens die Dirnen oder Nutten, die zwar den Status von Aussätzigen hatten, aber etliche Freiräume mehr genießen durften.“

„Bedient haben sich die Mannsgöckeli an den Aussätzigen aber mit Vergnügen.“

„Klar. Warum, denkt ihr, sind Moni und Regula so wohlhabend geworden, dass sie eine Manufaktur gründen konnten? Soweit ich weiß, verbrachten sie einen komfortablen Lebensabend in ihrer eigenen Villa an der Goldküste.“

Als sich die Vier trennten, war die Stimmung merkwürdig verhalten. „Mädels“, versuchte Frieda die Stimmung zu retten, „wir sind keiner Verurteilung unterworfen. Sobald eine ‚halt!‘ oder ‚aufhören!‘ ruft, werden die Stockhiebe natürlich sofort ausgesetzt.“

●

Eva prustete los, als sie das Outfit ihrer Freundinnen sah und es mit ihrem eigenen verglich. Wie auf Absprache hatten sich alle in weite, luftige Kleider geworfen, die knapp über den Knien endeten. „Fast authentisch“, urteilte sie. „Fehlt nur, dass ihr auch auf eure Höschen verzichtet habt.“ Vergnügt registrierte sie, dass Elsbeth, Frieda und Veronica rot wurden. „Macht euch nichts draus. Ich auch.“ Mit diesen Worten hob sie ihren Fummel vorn bis in Hüfthöhe hoch, um die Freundinnen von ihrer Blöße zu überzeugen. Frauen sind in solchen Dingen weitaus schmerzloser als Männer.

„Der Stoff ist blickdicht. Öffentliches Ärgernis möchte ich nicht erregen", verteidigte sich Elsbeth.

„Schon gut. Allerdings hätten wir uns knöchellange Roben anziehen müssen, um vollständig authentisch zu sein."

„Spinnst du, Eva? Bei der Hitze?! Außerdem wären wir in Maxiröcken garantiert aufgefallen."

„Du hast das Ding doch mit?" erkundigte sich Eva bei Frieda.

„Selbstredend. Hier."

Die drei anderen betrachteten das Instrument interessiert. „Eine Rute, die du im Sexshop erwerben kannst, sieht so ähnlich aus."

„Die verjüngt sich aber nach vorn und läuft dort in ein Herz- chen aus. Im Idealfall trifft nur das Herzchen auf das Pö- chen."

Eva sah Frieda nachdenklich an. „Man meint, du hättest ein- schlägige Erfahrungen."

„Was du immer ... Na schön, ich werde irgendwann einiges zu beichten haben. Zuvor aber an die Arbeit, Mädels, wenn ich mir schon die Mühe mache, das sperrige Ding ummezu- schleiken! Welche soll welche zuerst?"

„Ich habe den Stein ins Rollen gebracht", sagte Eva, „und bin außerdem neugierig, wie das ist. Lasst mich die erste Delinquentin sein. Wer möchte?" Verlegenheit breitete sich aus und keine der Drei traute sich recht, in Vorhand zu ge- hen. „Okay, dann bestimme ich dich, Frieda, zur Vollstre- ckerin. Du bist ja nicht ganz unerfahren, wie es aussieht."

Es schien nicht opportun, das Gesicht im Fenster zu prä- sentieren, obwohl Eva eine Souterrain-Einliegerwohnung belegte und wahrscheinlich niemand auf den Gedanken gekommen wäre, dass sich kurz über der Grasnarbe selt- same Dinge abspielten. So schob Eva einen Stuhl vor den Spiegel, der die Kommode krönte, kniete sich darauf und stützte ihre verschränkten Arme auf das Möbel. „Daher ver- möbeln", murmelte Veronica.

„Na los, Frieda", ermunterte Eva ihre Freundin, „das Hochheben des Kleids oblag dem Herrn des Hauses."

„Da mussten die armen Kerle vor ihrem Vergnügen auch noch arbeiten", kommentierte Frieda. „Na gut." Sie schob den geblümten Stoff in Evas Hüfte und deren Gesäß lag herausfordernd blank. Frieda wedelte mit dem Rohrstock ziellos herum und fragte schließlich: „Bist du bereit, Eva?"

„Ja, mach' schon!"

Der erste Hieb sauste und Eva stieß einen schrillen Schmerzensschrei aus. Erschrocken fuhr Frieda zurück und fragte: „Um Himmels Willen, Eva. Das hatte ich nicht beabsichtigt. Soll ich Schluss machen?"

Eva atmete heftig ein und aus. Nach einer Weile beruhigte sie sich und sagte: „Nein, Frieda. Ich will die Zehn durchstehen, nicht zuletzt meiner Studien willen. Ich bitte dich nur, die verbleibenden Neun am Stück durchzuziehen, egal, wieviel ich lamentiere, denn ich will die Qual nicht verlängern."

Frieda sah Elsbeth und Veronica an. „Seid ihr einverstanden?"

Veronica wollte zu einer verneinenden Erwiderung ansetzen, als Eva dazwischenfuhr: „Das ist mein Arsch und ich bestimme, was mit ihm geschieht. Leg' los, Frieda!"

„Na gut, dein Wille ist dein Himmelreich."

„Danke, Vera."

Frieda erwies sich als Profi. Die Striemen erblühten in engem Abstand wie bei einem Zaun mit waagerechten Latten und bedeckten nach Abschluss der Sitzung Evas Po über seine ganze Fläche. Eva sah im Spiegel, wie sich ihr Gesicht bei jedem Hieb verzerrte. Ihr brach der Schweiß aus, sie trommelte mit geballten Fäusten auf die polierte Platte des Sideboards und biss ihre Zähne zusammen, dass die Kiefernknochen knackten. Sie schaffte es, nicht wieder zu schreien, aber ab dem fünften Hieb schoss ihr das Wasser aus den Augen. Als es vorbei war, heulte sie hemmungslos und behielt erschöpft ihre knieende Stellung eine ganze Weile bei. Bestürzt standen die anderen, vor allem Frieda, um sie herum.

Endlich versiegte Evas Tränenstrom. Sie erhob sich und ließ ihr Kleid fallen. Dann rang sie sich mühsam ein Lächeln ab. „Entschuldigt, Mädels, ihr werdet mich für eine Memme halten. Nun ist es aber überstanden. Ich habe es gewollt. Frieda, mach' dir keine Vorwürfe. Ihr müsst bedenken, dass ich eben zum ersten Mal im Leben geschlagen worden bin. Mein lieber Scholli, was haben die Frauen damals erdulden müssen!"

„Das kannst du nicht vergleichen", sagte Veronica, der das Geschehen psychisch zu verkraften schwer gefallen war. Am liebsten hätte sie Frieda den Stock entrissen und eine geknallt. Sie fuhr fort: „Die Frauen damals waren Stockhiebe gewohnt. Ich kann mir vorstellen, dass sie achselzuckend an dem Punkt mit der Arbeit fortfuhren, von dem sie ihr Herr und Gebieter zur Züchtigung abberufen hatte. Du hingegen, Eva, sagst selbst, dass du nie zuvor verprügelt worden wärst. So gesehen darfst du die Erfahrung nicht für Studienzwecke werten. Du kannst dich nicht in die damalige Zeit hineinversetzen."

„Ich habe eine schmerzstillende Salbe dabei", sagte Elsbeth. Sie klang mitleidig. „Die soll gut helfen. Kurioserweise ist sie von M&R Beautycare."

„Danke, Ellie, aber erstens mag ich kein Geschmier auf meiner Haut und zweitens hatten die Frauen das damals auch nicht."

„Da bin ich nicht sicher. Vielleicht beruht deine Salbe, Ellie, auf einem Originalrezept der Gründerinnen von M&R aus genau jener Zeit."

„Mag sein, Vera. Irgendwie scheinen die Weibsbilder alle Widrigkeiten verkraftet zu haben, denn die wurden schon vor hundert Jahren erstaunlich alt, während ihre Männer recht früh ins Gras bissen."

„Vielleicht, Ellie, hat die Ehefrau, die es satt hatte, ständig den Arsch vollzukriegen, ihrem Männe irgendwann ein Pilzgericht serviert."

Das überlaute Lachen verriet die Nervosität, die die Freundinnen befallen hatte. „Es tut mir leid, Eva", bekannte Frieda zerknirscht. „Ich hätte ablehnen müssen, weiterzumachen. Ich könnte mich ohrfeigen. Als Ersatz darfst dich revanchieren. Jetzt kniee ich auf den Stuhl und du bist am Drücker. Zier' dich nicht und hau' feste drauf."

„Ich möchte das nicht, sondern das Experiment beenden."

„Kommt nicht in Frage", sagte Elsbeth plötzlich laut. Die drei anderen sahen sie erstaunt an. Elsbeth ist die Ruhigste von allen. Sie beteiligt sich zwar an Gesprächen, drängt sich aber nie in den Vordergrund. Nun hatte ihr Gerechtigkeitssinn sie zu ihrer Äußerung bewogen.

„Was ist deine Meinung?" fragte Veronica.

„Frieda soll ihre Packung einfahren und wir beide, Vera, auch. Wir haben uns alle einverstanden erklärt und ich fände es nicht fair, wenn Eva nachher beim Kaffee als einzige stehen muss."

„Okay. Willst du Friedas Kehrseite polieren?"

„Mir wäre lieber, du übernimmst das, Vera."

„Sie hat völlig Recht." Frieda schien erleichtert über Elsbeths Intervention. „Ich kniee mich schon mal hin. Wer dann den Rohrstock führt, ist mir egal."

„Okay." Veronica hatte ihren Entschluss gefasst. „Dann werde ich das Amt übernehmen. Frieda, bilde dir nicht ein, dass du billig davonkommst."

„Das wünsche ich gar nicht."

Veronica erwies sich als ebensolcher Profi wie ihre Vorgängerin, denn auch sie zauberte einen perfekten Lattenzaun auf Friedas Gesäß. Diese steckte die Schläge deutlich gelassener ein als Eva, vermochte aber auch nicht zu verhindern, dass sie die Fäuste ballte und bei jedem Treffer keuchte. Als es vorbei war, sagte sie: „Boah, mein lieber

Mann! Die saßen perfekt. Bist du in einem Spankingklub, Vera?"

„Nein, aber ich spiele Tennis und weiß genau, wie ich meinen Schlag dosieren muss, damit der Ball punktgenau dort landet, wo er hinsoll. Diese Fertigkeit habe ich einfach aufs Spanken übertragen. Aber du bist in einem?!"

„Bin ich und damit bei meiner angekündigten Beichte."

„Nur Frauen?"

„Nein, gemischt."

„Da heißt es im Anschluss sicher bumsen?!"

„Du bist ein Ekel, Vera, aber es stimmt. Warum kein doppeltes Vergnügen? Bei gefühlvoller Behandlung strahlt ein heißer Arsch bis zur vorderen Lustgrotte ab und sorgt für Feuchtigkeit im Vorfeld. Wenn im Anschluss der heiße, steife Prügel in sie eindringt, bin ich in Sekunden da. Ich wollte mich nie binden und auf dieser Ebene wird ab und zu meine Muschi gefüttert, ohne dass es gleich in eine Hochzeit ausartet. Nun dürft ihr mich halten, wofür ihr wollt. Von mir aus für eine Nutte."

„Ach was!" Veronica ist die Besonnenste des Quadriumvirats, aber wenn sie sich etwas vornimmt, zieht sie ihr Vorhaben kompromisslos durch. „So, meine Lieben, wir wollen Ellies Einwand stattgeben. Bleiben zwei Runden übrig. Wer soll wen?"

„Wenn jede einmal passive und einmal aktive Spankerin und die Paarung unterschiedlich sein soll, müsste Eva mich und ich dich, Vera, drannehmen – nimm's mir nicht übel."

„Warum sollte ich dir dein mathematisches Talent übelnehmen, Ellie? Wer zuerst? Eva dich?"

Elsbeth war ebenso wenig wie Eva gewohnt, Schläge zu beziehen, überwand aber ihre Ängste und forderte ihre Vollstreckerin mehrmals auf, kräftiger hinzulangen. Ebenso wie als passive qualifizierte sich Eva auch nicht als aktive Spankerin. So zogen sich bei Elsbeth zum Schluss die Striemen kreuz und quer über die Gesäßfläche.

Elsbeth ihrerseits konzentrierte sich und brachte einen fast perfekten Lattenzaun zuwege. Zu aller Erstaunen steckte Veronica die Streiche praktisch ungerührt weg und übertrumpfte damit die gestandene spanking woman Frieda. Nachdem sie entlassen war, glitt sie vom Stuhl und wirkte, als wäre sie soeben einem erfrischenden Bad entstiegen. „So, meine Lieben", ergriff sie das Wort, als wäre nichts geschehen, „nun Stehkaffee. Sehe ich das richtig?"

Normalerweise übernahm die vorlaute Frieda die Rolle der Klassensprecherin, aber für den Augenblick hatte sie eingesehen, dass sie sich besser zurückhalten sollte. So ging sie auch nicht auf Veronicas Frage ein und überließ es Eva und Elsbeth, zustimmend zu nicken.

„Okay. Wir wissen nun alle, wie das war – zu Beginn des 20. Jahrhunderts. Frieda, steck' dein Folterinstrument wieder ein und verstau' es im hintersten Winkel eurer Besenkammer. Wir brauchen es sicher nicht mehr."

„Da ihn zu Hause niemand vermissen wird, gedenke ich ihn auf dem Rückweg in der Kleinen Emme zu versenken."

Veronica grinste anzüglich. „Auch du selbst …?"

„In meinem Genfer Klub haben wir eigene Anmachwerkzeuge."

„Herzchen fürs Pöchen?"

„Unter anderem. Jetzt aber genug gequatscht. Mein Kaffeekreislauf lechzt nach einer Infusion."

●

Eva wälzte sich in ihrem Bett hin und her, weil ihr der Schlaf die Zusammenarbeit verweigerte. Sie ließ ihr bisheriges Leben Revue passieren und fragte sich, ob es zufriedenstellend oder nicht verlaufen war. Auf dem Campus hatte sie einige Male mit Kommilitonen geschmust, aber nicht, weil sie einen inneren Drang dazu verspürt hatte, sondern, um nicht als Zicke zu gelten. Zu einem Schäferstündchen hatte es nie gelangt. Vielleicht hatten aller männlichen Gewissenlosigkeit zum Trotz ihre G'spusis gemerkt, dass sie es mit einem Fisch treiben würden. Als Nachwirkung blieb, dass sie sich nunmehr, im Alter von 28 Jahren, der Jungfräulichkeit erfreuen durfte.

Gestern war etwas Merkwürdiges passiert. Die Striemen hatten sich in ein zartes Rosa und das furchtbare Brennen in angenehme Wärme zurückgebildet. Und das war es, das ihr Sorgen bereitete. Wie ging es an, dass sie die Nachwirkung einer Tracht Prügel als angenehm empfand? Ohne sich dessen bewusst zu werden, glitt ihre Hand, die sich verselbstständigt hatte, in die vordere Beckengegend und rieb zart den sensitiven Bereich. Als hätte der darauf gewartet, explodierte er förmlich und zwang sie zu geradezu konvulsischen Zuckungen, so heftig schüttelte sie der sich ausbreitende Orgasmus. Er fand kaum ein Ende und Eva atmete heftig, nachdem sie doch geschafft hatte, ihn einzudämmen. Als Folge dieser Einlage war sie jetzt erst recht glockenwach.

Die vier Frauen waren als vierblättriges Kleeblatt bekannt. Ganz stimmte die Einschätzung nicht, denn Eva verband mit Veronica mehr als mit den anderen beiden. Sie hatten nie etwas voreinander verschwiegen und wieder einmal war der Augenblick gekommen, die abgebrühtere Freundin um Rat zu fragen. Sie holte ihr Smartphone hervor und chattete: *Ich kann nicht schlafen. Wäre es Dir möglich, mich morgen zu besuchen?*

Zu ihrer Überraschung erhielt sie postwendend Antwort. *Ich auch nicht, ich meine schlafen. Natürlich ist es mir möglich. Um Zehn?*

Wozu warten, wenn Vera auch keine Ruhe fand? Eva chattete zurück: *Warum nicht sofort? Ich mache die Tür auf.*

Während Elsbeth, Frieda und Veronica lediglich ihre früheren ‚Kinderzimmer' belegten, wenn sie zu Hause waren, stand für Eva wie weiter oben angedeutet eine komplette Einliegerwohnung im Tiefparterre mit eigenem Eingang zur Verfügung. Ihre Eltern könnten sie vermieten, hatten aber keine Lust, ihre vier Wände mit einer oder einem Fremden zu teilen, und hielten sie deshalb für ihre Tochter vor. Diese nutzte sie in der jetzigen Endphase ihrer Dissertation, um sich für längere Zeit aus dem hektischen Zürich zurückzuziehen. Da sie vom übrigen Haus getrennt war, waren darin auch lautstarke Hobbys wie die gestrige Spankingparty möglich, ohne dass das jemand mitbekam.

Die Entfernung zwischen Veronicas und Evas Elternhaus beträgt nur zwei Straßenecken. Da die Nacht unter tropisch lief, weil die Temperatur nicht unter 20°C sank, entschloss sich Veronica, sich in dasselbe Kleid ohne 'was drunter zu hüllen wie am Nachmittag. Sie würde bestimmt nicht frieren. Sie fand Evas Haustür wie angekündigt lediglich angelehnt, huschte hindurch und schloss sie lautlos hinter sich. „Du klingst, als hättest du Sorgen?!"

„So genau weiß ich nicht, ob es welche sind."

„Du machst mich neugierig, obwohl ich eine Ahnung habe, worum es geht."

Eva sah ihrer Freundin prüfend ins Gesicht. „Kurz und gut, ich bin heiß. Und die Ursache ist, wie soll ich sagen …"

„Die Schläge auf deinen Hintern heute Nachmittag?!"

„Richtig. Findest du das nicht komisch?"

„Wie stark ist es denn?"

„Ich konnte nicht anders als mir einen 'runterzuholen."

„Bevor wir ins Eingemachte gehen: Ich auch."

Eva sah ihre Freundin beinahe erleichtert an. „Dann handelt es sich also nicht um ein einsames Gefühl?!"

„Keineswegs."

„Sag' mal …"

„Ja?"

„Bist du nicht doch in einem Spankingklub?"

„Wirklich nicht. Wie kommst du darauf?"

„Du hast deine Prügel so kaltschnäuzig weggesteckt, dass Frieda dagegen wie ein Jammerlappen wirkte. Dabei hat dir Ellie genauso eingeheizt wie Frieda mir."

„Woher meine Schmerzunempfindlichkeit rührt, weiß ich nicht. Ich hatte gesagt, dass ich Tennis spiele. Ab und zu necken wir weiblichen Klubmitglieder uns und braten uns ein paar mit den Schlägern hinten drüber. Unsere dünnen Sporthöschen fangen nichts ab. Ich glaube eher, sie verstärken. Das sollte aber nicht den Ausschlag geben. Als ich auf dem Schafott kniete und es auf meinen Kollegen dahinten …" eine Kopfbewegung deutete an, welchen Kollegen sie meinte „… einprasselte, tat das zwar weh, aber nicht so, dass ich einen Anlass zum Lamentieren empfunden hätte." Sie sah ihre Freundin mit inniger Zuneigung an. „Das war aber nicht der Grund, warum du mich mitten in der Nacht hergebeten hast?!"

„Nein. Ich habe einige Zeit überlegen müssen, wonach es mich gelüstet. Jetzt weiß ich es. Ich möchte es noch einmal erleben."

„Stockhiebe?"

„Die sicher nicht. Aber ich stelle mir vor, wie aufgeilend es sein muss, eine Handfläche aufprallen zu spüren. Und …" Eva druckste ein wenig herum.

„Und was?"

„So hilf mir doch, Gottverdeckel! Du weißt genau, worauf ich hinauswill. Mir wäre am liebsten, es wäre deine Hand, die mich spankt."

Veronica lächelte. „Ich wollte es von dir hören. Auf keinen Fall sollte der Eindruck entstehen, dass ich dir das eingeredet hätte. Ich bin unter einer Bedingung einverstanden."

„Welcher?"

„Anschließende Wiederholung der Übung, aber unter Rollentausch."

„Gern." Eva zog ihr Nachthemd über den Kopf und stand nun splitternackt da. Dann trat sie vor die Kommode mit dem Spiegel, die schon am Nachmittag als Schafott hatte herhalten müssen. Sie holte keinen Stuhl, sondern blieb stehen, bückte sich und stützte den Oberkörper auf ihren verschränkten Armen ab. „Einfachstes Arrangement. Du darfst loslegen."

Veronica prüfte sanft die zu behandelnden Flächen. „Sie sind immer noch warm."

„Ich glaube, das ist gerade gut. Auf total kalter Haut tut's viel mehr weh als auf vorbehandelter. Mach' bitte."

„Wie viele?"

„Bis ich stopp sage." Während der ersten Schläge zeigte Eva ein seliges Lächeln, das in wieherndes Gelächter ausartete, je röter ihre Kehrseite wurde. Mit zitternder Stimme rief sie: „Schneller, stakkato!" Als ein Hagelsturm über ihr Gesäß hereinbrach, griff sie sich zwischen die Schenkel. Ihre Stimme schnappte zu Kieksen über, das sich immer mehr steigerte und schließlich mit einem inbrünstigen „oh Gott!" abbrach.

Da wusste Veronica, dass die Lust erfüllt war, und begnügte sich damit, Evas Kehrseite zu tätscheln. „Gut?" fragte sie überflüssigerweise.

„Super!"

„Brennt es dir nicht jetzt auch?"

„Höllisch, aber anders, wie von Engeln. Du bist klasse, liebe Vera."

„Freut mich, dass ich dir einen Gefallen tun durfte. Nun erinnere ich dich an deine Zusage."

„Ich habe sie nicht vergessen. Ich empfehle dir aber, dich auch völlig blank zu machen."

„Warum?"

Eva grinste. „Im Spiegel sah ich, wie meine Titten im Takt mitschaukelten. Das sah unglaublich sexy aus. Und deine sind noch ein bisschen üppiger."

Eva wartete, bis Veronica ebenfalls im Kostüm der Urmutter vor ihr stand, und gab ihrem Mut einen Tritt. An ihren eigenen Busen griff sie sich häufig und streichelte und knetete ihn, aber bisher hatte sie das bei keiner anderen Frau gewagt. Als sie nun Veronicas zwischen ihren Fingern fühlte, schloss sie die Augen. Sollte sie am Ziel ihrer Wünsche sein? Ihre Freundin gab einige Schnurrlaute von sich, die Einverständnis signalisierten. „Deine Dinger wackeln bestimmt genauso geil", ermutigte Eva sie. „Achte drauf! Nun aber ans Schafott, ich meine, vor das Sideboard."

Die Version Eva-bedient-Veronica verlief genauso erfolgreich wie die umgekehrte Auflage zuvor. Die beiden Frauen, deren lesbische Liebe endlich erklärt war, umarmten und drückten sich nach Abschluss des Spankingteils. Weil beide ungefähr gleich groß sind, quetschten sich ihre Brüste fest aneinander und sandten Wellen des Wohlbefindens an alle anderen Körperteile. Die Frauen schafften es haarscharf, ihre Lippen in Berührung zu bringen, denn der Vorbau wird nicht umsonst so genannt. „Ab ins Bett, Geliebte", hauchte Eva. „Da positionieren wir uns so, dass sich unsere Zungen ungestört austoben können."

Sie schmusten bis zur Erschöpfung und nahmen dann eine Löffelanordnung ein. Das heißt, Eva drückte ihre Scham gegen Veronicas herrlich warmen Po und legte zum Ausgleich ihre Hand auf deren Intimbereich. Im Morgengrauen schliefen sie endlich glücklich ein.

Friedels Pfeifensammlung
von Hans Wellmann

Erste Stunde: Latein. Friedel ist entgegen der klanglichen Assoziation ein Junge. Eigentlich heißt er Friedrich, aber Friedrich hießen preußische Könige und deutsche Kaiser, und kein angehender Mann des 20. Jahrhunderts. So hat er sich mit dem unbestimmbaren Spitznamen arrangiert. Die bekannteste Person, die so hieß, war tatsächlich eine Frau. Friedel Siebert war die Geliebte des wohlbekannten Schriftstellers Erich Kästner und die Mutter seines einzigen Kindes, des Sohns Thomas.

Es wird noch eine Weile währen, bis aus dem angehenden ein richtiger Mann wird, denn im Augenblick besucht er als Zwölfjähriger die Quarta des Schuljahres 1965/66 im Friedrich Schiller-Gymnasium der Stadt Ödelshagen – stimmt, Dichter mögen auch diesen Namen tragen. Es handelt sich um eine reine Knabenschule. Die Mädchen sind züchtig im katholischen Lyzeum am anderen Ende der Stadt weggesperrt. Auch der ‚Lehrkörper‘ besteht durchweg aus Vertretern des männlichen Geschlechts. Die einzige Frau im Gebäude ist ‚Fräulein‘ Elfriede Pestalozzi, die Sekretärin. Sie zählt allerdings nicht als weibliches Wesen, sondern als Inventar.

In den 1960er Jahren herrschte ein anderes Schulsystem als heute. Der auffälligste Unterschied auf höheren Anstalten waren die Klassenbezeichnungen, die von der lateinischen Zahl sechs abwärts beziffert wurden. Die 5. Klasse war die Sexta, die 6. die Quinta und die 7. die Quarta, in die Friedel vor einigen Wochen Eingang gefunden hatte. Als leuchtender Ansporn stand den kleinen Unterstuflern die Oberprima vor Augen, die Heinrich Spoerl in seinem Roman ‚Die Feuerzangenbowle‘ so trefflich verewigt hat. Ein weiterer Unterschied zur späteren Zeit bestand darin, dass die Versetzung – oder auch nicht – vor den Osterferien geschah. Den Übergang zum System Sommer-zu-Sommer bildeten zwei Kurzschuljahre von 1966 bis 1967.

Friedel war kein herausragender Schüler, aber auch kein schlechter, dessen Versetzung ständig gefährdet war. Seine Konflikte mit der Lehrerschaft bestanden eher in unbotmäßigem Betragen, denn die damaligen Studienräte verstanden sich vor allem als Erzieher, die darauf achteten, dass ihre Schützlinge beim Antreten auf dem Pausenhof und beim Eintritt des Lehrers in den Klassenraum ordentlich strammstanden. Nur strikten Drill, mit dem sie einen jungen Menschen als gehorsamen Untertanen ins Leben zu entlassen bereit waren, sahen sie als Mittel zur Reife an. Alle, die sie als nicht anpassungswillig einschätzten, musterten sie rigoros aus, idealerweise bereits in der Unterstufe, spätestens aber am Ende der Mittelstufe.

Als einen Hebel zur Ausmusterung sahen sie Prügelstrafen an, die erst gegen Ende der 1960er Jahre verboten wurden. Ein Junge, der ständig wegen Nichtigkeiten geohrfeigt wird, wird bald die Lust verlieren, sich weiter am Unterricht zu beteiligen, und versuchen, schnellstmöglich dem Hort der Folter zu entkommen. Wie bei allen restriktiven Maßnahmen arbeitete sich allerdings auch in dieser Situation eine Gegenströmung an die Oberfläche, die empfangene erzieherische Maßnahmen als Heldentat werteten und den Primus in dieser Disziplin ehrten und mit Stolz erfüllten. Als äußeres Merkmal dieses ‚Sieges‘ hatte die Klasse in gemeinschaftlichem Werken aus Blech und Spachtelmasse den sogenannten Rotbäckchen-Pokal gebastelt, der am Ende des Schuljahres vom Klassensprecher feierlich dem übergeben wird, der die meisten Rotbäckchen einkassiert hat.

Friedel bewegte sich im Mittelfeld, weder bei den ganz Frechen, die eine ausrutschende Hand geradezu provozierten, noch bei den Braven, den ‚Strebern‘, die Tadel ängstlich vermieden und fleißig lernten, damit ihnen jegliche Unbill erspart bliebe. Der Gerechtigkeit halber sei erwähnt, dass es auch Lehrer gab, die auf die erwähnten ‚Maßnahmen‘

verzichteten, aber den anstehenden Donnerstag bestritten ausschließlich solche, die handfest für Ruhe und Ordnung sorgten. Obwohl der älteren Generation zugehörig, war Dr. Ernst Tunnel, genannt ‚Der Dunkle‘, einer von der schnellen Truppe. Vor allem, wenn er geflüstert seinen Spitznamen vernahm, wurde er fuchsteufelswild.

Er gab Latein. Friedels Eltern hatten es für angezeigt gehalten, ihrem Sprössling eine humanistisch-altsprachliche Bildung angedeihen zu lassen. Bald hatte sich herausgestellt, dass er in einer mathematisch-naturwissenschaftlichen Anstalt besser untergebracht gewesen wäre. Zurück zur aktuellen Situation. Im dritten Jahr des Flaggschifffachs, höchstens übertroffen von Altgriechisch, das ab dem kommenden Jahr anstehen würde, war der schwierige A.C.I. (accusativus cum infinitivo) gemeistert und der noch unbegreiflichere Unterschied zwischen Gerundium und Gerundivum stand derzeit auf dem Plan. Friedel vermochte dem Stoff allenfalls mäßiges Interesse entgegenzubringen. Um der Wahrheit die Ehre zu geben: Dessen Spannungsbogen rangierte auf der Ebene des berühmten platzenden Sack Reis in China. Friedels Einschätzung unterschied sich nur wenig von der seiner Klassenkameraden. Er war allerdings der einzige, der ihr durch herzhaftes Gähnen Ausdruck gab.

Wie erwähnt war Der Dunkle schnell und wie nichts stand er neben Friedel, der einen Luftzug gespürt hatte und erschrocken hochsah. Er nahm die linke Seite seiner Schulbank ein und sein Kopf war durch den Reflex genau in der richtigen Position, dass sich seine linke Wange als ideale Landefläche anbot. Bevor sich ihm einen klaren Gedanken zu fassen die Gelegenheit bot, war die Ohrfeige bereits eingetroffen. Kaum vernahm er, wie Der Dunkle brüllte: „Dich werd‘ ich lehren, im Unterricht wie ein Faultier zu gähnen. Du hast gefälligst aufzupassen!“ Ihm klingelte das Ohr und er unterdrückte Schmerzenstränen, denn ein Indianer weint bekanntlich nicht. So steht es jedenfalls in den Winnetou-Romanen von Karl May, die damals von männlichen Kindern zwischen zehn und 14 eifrig gelesen wurden.

Er unterdrückte Widerworte, selbst ein „aber …", denn er wusste, dass er dafür sofort eine Zweite fangen würde. „Bist du jetzt wach?" Trotz der Frageform war es weiterhin Gebrüll, das Dr. Tunnel absonderte. „Ja, Herr Studienrat, tut mir leid", stotterte Friedel deshalb.

Der Allmächtige zeigte sich halbwegs besänftigt und wandte sich mit einem gebrummten „so ist's besser" ab, um wieder sein Pult zu erklimmen. Friedel hütete sich, seine geschundene Wange zu reiben, denn er wusste, dass er von seinen Klassenkameraden scharf beobachtet wurde, wie tapfer er den körperlichen Verweis hinnahm. Naja, tröstete er sich, wenigstens eine Kerbe mehr in der Jahresliste für den Rotbäckchen-Pokal. Für eine weitere Ablenkung von äußerlichen Schmerzen sorgte die intensive Suche in seinem Gedächtnis, ob er in einem Tierfilm je ein gähnendes Faultier gesehen hatte.

Zweite Stunde: Deutsch. Im Gegensatz zu dem Knacker und Altnazi Dr. Tunnel war Heiko Schwer, aus naheliegenden Gründen mit dem Spitznamen ‚Leicht' geschmückt, ein junger Lehrer und eher der aufkeimenden Gruppierung der Jusos zuzurechnen. Nicht, dass ihn linke Grundwerte hinderten, ebenfalls der schlagenden Fraktion anzugehören. Er dosierte seine Zuteilungen allerdings spärlich, das heißt keinesfalls mehr als eine pro Schulstunde. Es war immer eine spannende Frage, wer sie abbekommen würde. Früh war Friedel aufgefallen, dass Söhne von Honoratioren, seien es solche von Ärzten, Anwälten, Lehrerkollegen oder Stadträten, generell verschont blieben. Das empörte Gefühl, Zeuge einer großen Ungerechtigkeit zu sein, sollte indes erst drei Jahre später, in der 68er Ära, vollständig von ihm Besitz ergreifen.

Sexta und Quinta hatten vollständig im Zeichen von Rechtschreibung und Grammatik und den dazugehörenden Diktaten und Satzbauaufsätzen gestanden. Nun waren diese Klassen überstanden und es sollte sich später erweisen, dass sie ihrer Monotonie zum Trotz nützlich waren – bis die

Rechtschreibreform zu Beginn des neuen Jahrtausends viele der erlernten Weisheiten hinfällig machen würde.

Es existierte ein Rahmen, welche Literatur in den Deutschstunden durchgenommen werden sollte, aber innerhalb dessen hatten die Lehrer freie Auswahl. Studienassessor Schwer stammte aus Norddeutschland und bevorzugte entsprechende Autoren. Nach Storms ‚Der Schimmelreiter‘, der trotz der zähflüssigen Erzählweise des Husumer Landvogts und obwohl die wenigsten der rheinischen Kinder je das Meer gesehen und folglich kaum eine Vorstellung davon hatten, mit welchen Problemen Halligbewohner konfrontiert sind, eine gewisse Dramatik vermittelt hatte, stand nun ‚Pole Poppenspäler‘ desselben Autors zu Lesung und unvermeidlicher Interpretation an. Paul, der Puppenspieler bietet leider nicht einmal ansatzweise Spannungsmomente wie Mörder- oder Monstersuche oder wenigstens einen Sturm, dass es einen Reiter vom Pferd fegt. Die kindliche Liebesgeschichte zwischen Lisei und Paul schreckte die sich mannhaft fühlenden Heranwachsenden eher ab als dass sie in ihnen romantische Gefühle geweckt hätte. So quälten sich die Quartaner durch einen Text, den sie am liebsten allen Qualen der Hölle ausgesetzt hätten. Na gut, ein Streichholz hätte auch genügt.

Friedel hatte den guten Paul immerhin gelesen und wäre wenigstens in diesem Punkt nicht angreifbar, wenn nicht ... Es ist erstaunlich, wie siebartig das menschliche Gedächtnis ist, wenn es sich mit Dingen zu beschäftigen gezwungen ist, die es nicht im Mindesten interessiert. Er stellte zu seinem Schrecken fest, dass er einen Satz, den er sich einzutrichtern versuchte, wieder vergessen hatte, sobald er den Kopf hob. Was tun? Durchpfuschen, so gut es geht!

Nun war die Stunde gekommen, in der das Verhältnis zwischen bürgerlichem und künstlerischem Selbstverständnis besprochen werden sollte. Darin besteht das Anliegen der Novelle, aber für binnenländische Unterstufenelèven, denen die Nöte der misstrauisch beäugten Fahrensleute so unbekannt waren wie die Sorgen der Meeresanlieger, bedeutete sie nichts weniger als Überforderung. So geschah es, dass Friedel, der sich prompt zur Interpretation der heikelsten Stellen aufgerufen sah, nichts als herumzustottern wusste.

„Hast deine Hausaufgaben nicht gemacht?" Leicht brachte nicht ganz den stimmlichen Druck wie Der Dunkle zuwege, aber seine Worte klangen dennoch bedrohlich.

„Doch Herr Studienrat, bestimmt! Ich hab's nur vergessen", verteidigte sich Friedel.

„Du kannst mir viel erzählen! Und dann noch alles abstreiten! Ich werde dich lehren, mich so dreist anzulügen. Tritt vor die Klasse!"

Friedel wusste, was das bedeutete. Der Deutschlehrer ging bei Bestrafungen anders vor als der für Latein, der einfach loslief und zuschlug. Leichts Ohrfeigen wurden regelrecht zelebriert, wie eine Hinrichtung im Mittelalter. Der Delinquent hatte vor das Pult zu treten und den Kopf leicht nach rechts zu neigen. Beinahe zärtlich drückte Leicht dann dessen rechte Wange an seine linke Handfläche, holte mit der rechten aus und traf heftig die wie auf dem Präsentierteller dargebotene linke Wange. Nach Abschluss der Zeremonie durfte sich der fehlbare Schüler wieder setzen. „So, Friedel", sagte der Lehrer verständnisinnig, „jetzt hörst du bitte gut zu, was deine fleißigeren Mitschüler dem Meisterwerk an Tiefe abgerungen haben."

Dritte Stunde: Mathematik. Auf dem Pausenhof wies Friedels linke Wange immer noch Spuren der pädagogischen Maßnahmen auf. „Großartige Leistung", bescheinigte ihm Heribert, der Klassensprecher. „In zwei Stunden nacheinander eine geknallt zu kriegen, geschieht nicht häufig."

„Pah!" Friedel war zwar nicht gerade der Prügelknabe seiner Mitschüler, aber sein Ansehen ging über das Mittelfeld nicht hinaus. Zu dessen Anhebung war in ihm gerade ein

Plan gereift. „Du wirst sehen, ich schaffe heute jede Stunde eine.“

„Wenn dir das gelingt, kerbe ich jede doppelt“, versprach Heribert, „aber das möchte ich erst sehen.“ Einige andere Kameraden hatten den Disput mit angehört und die fragte der Klassensprecher nun: „Seid ihr einverstanden?“

„Klar, immer! Wir wollen das auch sehen.“

Noah Glubsch, der Mathematiklehrer, ragte nicht über 1,70 Meter Lebendgröße hinaus und war zudem recht schmächtig. Nie hätte er gewagt, einen Schüler ab Obertertia – das ist heute die neunte Klasse – anzugreifen, denn dann wäre ein blaues Auge nicht auszuschließen gewesen. Zwölfjährige erschienen ihm schwach und hilflos genug, dass er solche Befürchtungen nicht zu hogen brauchte.

In der Quarta steht Planimetrie, die Geometrie der Ebene, auf dem Lehrplan. Zurzeit galt es, bis zum Erbrechen Dreiecke zu konstruieren. „Ich zeichne ein Dreieck und nehme an, es wäre das gesuchte“, durchgeisterte kollektives Klassengemurmel den Raum. Dann galt es, das keiner Formel gehorchende Konstrukt mit Hilfe von Zirkel und Lineal in die geforderte Form zu bringen. Für Friedel war Mathematik ein angenehmes Fach, denn im Gegensatz zu Sprachen, vor allem fremden, gab es keine Ausnahmen. War eine Formel einmal begriffen, war das Lösen aller Aufgaben ein Kinderspiel. Er anerkannte auch die Wichtigkeit der Kenntnisse in diesem Fach – im Gegensatz zum Gerundivum, dessen Lebensnotwendigkeit sich einzig dem Lateinlehrer erschloss. Entsprechend erfreute er sich guter Noten und verstand sich mit der Arche Noah gut. Lange Zeit hatte die Schülerschaft mit einem Spitznamen für diesen Lehrer gehadert, denn Glubschauge, der auf der Hand gelegen hätte, verbot sich deshalb, weil er nicht zutraf. Nach einigem hin und her war endlich die Entscheidung zugunsten von ‚Arche Noah‘ gefallen. Das klingt nicht bösartig, aber aus irgendeinem Grund reagierte Glubsch darauf fuchsteufelswild.

Das erkannte Friedel als Aufhänger für die Fortführung seines Plans, denn wie sollte er sonst in einem Fach, in dem
er gut war und dem es folglich an Konfliktpotenzial zwischen
vor und hinter dem Katheder gebrach, seine für heute geplante Pfeifensammlung vervollständigen? So murmelte er,
als im Rest der Klasse das Gemurmel abgeebbt war, einfach weiter: „Arche Noah."

Glubsch fuhr hoch. „Wer was das?"

Friedel überlegte. Sich einfach zu melden wäre zu auffällig
gewesen und hätte selbst bei einem unbedarften Pauker
den Verdacht wecken können, es handelte sich um ein ab-
gekartetes Spiel. Er entschied sich für den den gegenläufi-
gen Weg und duckte sich betont unauffällig unter die Bank,
sodass das auffiel.

„Schubert, warst du das?" In jener Zeit herrschte die merkwürdige Sitte, dass sich alle zwar duzten, aber mit Nach-
namen ansprachen. Das galt sowohl für die Schüler unter-
einander als auch für die Lehrer zu ihren Schülern. Die
Schüler sprachen ihre Lehrer wiederum stets respektvoll
mit „Herr Studienrat" an, unabhängig davon, ob es sich wirklich um einen solchen, einen Oberstudienrat oder ‚nur' um
einen Assessor handelte.

Friedel tat auf diese Frage das Dümmste, das in derartigen
Fällen anzuraten ist: Er log. „Nein, Herr Studienrat!"

„Lüg' mich nicht an! Ich hab's genau gehört!"

„Wenn Sie meinen!" antwortete Friedel patzig.

Die Kombination offenkundige Lüge und Patzigkeit ist für
Lehrpersonal weniger hinnehmbar als einzeln auftretende
verbale Vergehen. „Aufstehen, Friedel!" Glubsch machte
zwar aus seinen Exekutionen keine Zeremonie wie sein
Kollege Schwer, aber sein Delinquent hatte sich wenigstens zu erheben, wenn das Schicksal ihn ereilte. Bevor er
ausholte, sagte Glubsch mit beinahe weinerlicher Stimme:
„Ich bin sehr enttäuscht von dir, Friedel!" Dann vollzog er
die Bestrafung, trotz seiner Enttäuschung kräftig und laut

schallend. Er wandte sich ab und erklärte: „Das hat mir ehrlich leidgetan, Friedel."

Als er mit dem Unterricht fortfuhr und abgelenkt war, warf Friedel Heribert einen triumphierenden Blick zu und deutete auf seine leuchtende linke Wange.

Vierte Stunde: Erdkunde. 1965 hieß Geografie noch Erdkunde. In der Quarta zu Recht, denn endlich richtete das Allgemeinwissen nach Nordrhein-Westfalen (Sexta) und Deutschland (Quinta), das damals am ‚Eisernen Vorhang' endete, seinen Fokus nach Europa, zunächst auf die Nachbarländer Österreich und Schweiz. ‚Kein Rauch stört die Reisenden, denn die Züge fahren elektrisch' verkündet das Lehrbuch den Interessierten, die eine Reise in die Eidgenossenschaft planten – für beinahe alle Familien des Klassenverbandes ein ähnlich unerfüllbarer Traum wie ein eigenes Auto. In Deutschland war erst wenige Jahre zuvor der Lückenschluss zwischen dem elektrischen Nahverkehr im Ruhrgebiet und dem einigermaßen ausgebauten Netz in Süddeutschland gelungen. Die handverlesenen Exemplare der formschönen Diesellok V 200 waren weitgehend den Fernschnellzügen vorbehalten, die nur die erste Klasse führten und somit einen weiteren unerfüllbaren Traum einer mittelständischen Familie widerspiegelten – von dem eleganten, blau-weißen ‚Rheingold' mit Aussichtswagen, der Hoek van Holland mit Basel verband und 1963 als erster Nachkriegszug wieder die 160 km/h erreichte, ganz zu schweigen. Besagte mittelständische Familie hatte sich in den meisten Fällen mit dampfgeführten Schüttlern zu begnügen, durch die unmittelbar vor einem Tunnel der bekannte Schreckensruf „Fenster zu!" zu hallen pflegte.

Auch in Erdkunde war Friedel recht gut. Er neigte allerdings zum Träumen, wenn er über fremde Länder las, denn er wünschte sich nichts sehnlicher als all' die einmal mit eigenen Augen zu sehen, in denen er bisher nur mit dem Finger auf Landkarten oder in Fotobänden umherreiste. 1965 war nicht abzusehen, dass ab den 70er Jahren Fernreisen sogar für einen Studenten erschwinglich würden.

Sein Interesse an dem Fach ging so weit, dass er sofort den Atlas aufschlug und nachschaute, wo das sein mochte, wenn ein Bundespolitiker eine Dienstreise durchführte. Das hatte im Gegensatz zu dem, was der Unbedarfte erwarten würde, keineswegs zur Folge, dass Friedel in Erdkunde ein Musterschüler war, denn er geriet mit dem betagten Oberstudienrat Fritz Steinhaus, wegen seines soldatisch-strammen Bürstenschnitts ‚Mecki‘ genannt, häufig in Konflikt, weil dieser seiner Meinung nach nur unzulängliche Kenntnisse jenes Fachs aufwies, das zu unterrichten er sich anmaßte. Was Wunder, hatte er sie doch aus den 30er Jahren, seiner Studienzeit, und es nicht für nötig befunden, sie jemals neuen Sichten anzupassen. Nichtsdestoweniger gesteht der Beamtentarif dem Lehrer eine tägliche Vorbereitungsstunde für seinen Unterricht zu – übertrieben, ist der Unbedarfte zu behaupten geneigt, denn eine Sekretärin muss ihren Feierabend ja auch nicht verschwenden, um weiter Schreibmaschine und Stenografie zu üben, denn die Disziplinen beherrscht sie längst aus dem Effeff.

Zurück zu Fritz Steinhaus. Bekannt ist, dass nichts einen Pädagogen mehr auf die Palme bringt als ein Schützling, der mehr weiß als er – trotz seines unermüdlich verkündeten Credos, seine heiligste Aufgabe bestünde darin, sich selbst überflüssig zu machen.

Eine weitere Hürde stellte sich zwischen das Verhältnis von Schüler und Lehrer, nämlich das Glaubensbekenntnis. Neben Erdkunde und Geschichte gab Mecki auch katholische Religion und war als Monsignore Praelatus sogar ein kirchlicher Würdenträger. Für ihn waren alle Nicht-Katholiken von vornherein der ewigen Verbannung preisgegeben und deshalb keines weiteren Gedankens wert. Zu seinen Gunsten sprach, dass er nie mit den braunen Machthabern kooperiert hatte, denn für ihn war der Papst in Rom die höchste irdische Instanz und würde es immer bleiben.

Leider ist Friedel evangelisch. Es würde also leicht werden, Mecki auf die Palme zu bringen. Die Gelegenheit ergab sich rasch. „Die Hauptstadt der Schweiz heißt – nun?" fragte er und suchte nach erhobenen Fingern. Er ermittelte auch einige. „Franz?" „Zürich, Herr Studienrat!" „Falsch! Egon?" „Genf?" „Ist das eine Antwort oder eine Frage? Egal, auf jeden Fall ist sie falsch. Denkt doch mal an Dietrich von Bern."

Jetzt schnellten fast alle Finger in die Höhe und es schallte „Bern – Bern – Bern" durcheinander.

„Na also. Und du, Friedel, hast das nicht gewusst? Du bist doch sonst so schlau."

„Doch, doch, ich weiß es. Leider ist an der Antwort zweierlei falsch."

Mecki runzelte die Stirn. „So, du Schlaumeier? Und was?"

„Dietrich von Bern heißt nicht nach dem schweizerischen Bern, sondern nach der italienischen Stadt Verona. Erst die deutsche Verballhornung hat daraus Bern gemacht."

„Und wo hast du diese Weisheit her?"

„Von unserem Deutschlehrer, Herr Studienrat, von Herrn Studienrat Schwer. Bei ihm haben wir in der Sexta die Siegfriedsage durchgenommen und dabei hat er das erwähnt."

Mecki knurrte. Die Autorität eines Kollegen durfte er nicht untergraben, obwohl alle anderen in der Klasse diesen Zusammenhang offenbar nicht mehr präsent gehabt hatten. Was war dieser Friedel ein Querulant; einen Erzieher gegen den anderen auszuspielen, welch' eine Unverschämtheit! Man sollte diesen Wurzelzwergen wahrlich nicht alles erzählen. Im selben Gedankengang fiel ihm der andere Teil von Friedels Einwurf ein. „Du hast von zwei Fehlern gesprochen. Welcher ist der zweite?"

„Die Schweiz ist der einzige Staat der Erde ohne Hauptstadt. Bern trägt lediglich den Titel Bundesstadt, weil man den verschiedenen Sprachgruppen nicht zumuten wollte, mit einer Hauptstadt in deutschsprachigem Gebiet die anderen zu dominieren."

Steinhaus war kalkweiß geworden, was seinem Übernamen Hohn sprach. Mecki war nämlich eine Comicfigur aus der marktbeherrschenden Fernsehzeitschrift ‚Hör zu!' und stellte einen recht dunkelhäutigen Igel dar. Während Friedels Rede hatte sich der Lehrer ihm unauffällig genähert und hatte sich nun vor ihm aufgebaut. „Steh' auf!" forderte er den Rebellen auf. Friedel tat wie geheißen und wusste, dass er am Ziel war. „Du hast anscheinend schon ein paar gefangen, wie ich an deiner roten Backe sehe. Wundert mich nicht bei deiner frechen Zunge. Heute sammelst du die wohl?!" Steinhaus ahnte nicht, wie nahe er der Wahrheit mit dieser Vermutung kam. Er hatte die Angewohnheit, vor einer Ohrfeige den potenziellen Empfänger mit der Rechten vorn am Haar zu packen und dessen Schädel einige Male hin und her zu schütteln, bevor er blitzschnell losließ und die Bestrafung anschloss. „Dich werd' ich lehren, du Besserwisser!" schloss er die Lektion ab und wandte sich wieder seinem Pult zu. Knurrend stieß er unterwegs hervor: „Ein Land ohne Hauptstadt, was für ein Blödsinn!"

Friedel scheute sich nicht mehr, unverblümt seine Wange zu reiben, denn der sportliche Wettkampf hatte mittlerweile alle Mitschüler gepackt.

Fünfte Stunde: Englisch. Die erste Pause zwischen der zweiten und dritten Schulstunde dauert 20 Minuten, die genügen, um Milch oder Kakao auszuteilen und für eine gewisse Erholung zu sorgen. Die zweite zwischen der vierten und fünften beschränkt sich auf zehn Minuten und bietet nicht mehr alle Zeit der Welt zum Auslauf. Weil die beiden letzten Stunden nach 40 statt nach 45 Minuten enden und der Schultag mit seinem Abschluss winkt, geht das in Ordnung. Nachmittagsunterricht gibt es nicht, dafür am Samstag, allerdings mit maximal fünf Stunden, deren Dauer sich durchweg auf 40 Minuten beschränken. Das wöchentliche

Pensum beläuft sich auf 32 Stunden, die beliebig zu verteilen sind. Als am unangenehmsten werden Samstage mit fünf Stunden empfunden, denn die erlauben erst mittags das Wochenende anzutreten und nicht bereits um Viertel nach Elf. Die Quarta, von der hier die Rede ist, hatte montags, dienstags und donnerstags je sechs, mittwochs und freitags je fünf und samstags vier Stunden zu absolvieren. Das war eine zufriedenstellende Kombination mit dem begehrten Wochenendbeginn um Viertel nach Elf am Samstag und von allen geschätzt.

Die Klingel mahnte zum Unterrichtsantritt. „Bisher hast du's sauber geschafft", lobte Heribert, „nur noch zwei. Ich bin gespannt."

„Ich auch!"

Arbeitsintensive Fächer werden vorzugsweise auf die ersten vier Stunden gelegt, nicht zuletzt, weil sie wie erwähnt fünf Minuten länger währen. Auch die Konzentrationsfähigkeit der Schüler spielt eine Rolle. Fremdsprachen- und Mathematiklehrer wären andererseits ab der fünften Stunde arbeitslos, zöge die Stundenplanung ihre Wunschvorgabe kompromisslos durch. So kam es, dass Friedel und seine Klassenkameraden in der nunmehrigen Fünften sich mit Englisch konfrontiert sahen. Ganz so schlimm war das nicht, denn das Fach war erst in diesem Jahr angelaufen und groß über „My name is Fred – what is your name?" war die Klasse bisher nicht hinausgelangt.

Noch war also keine Lektüre wie die Dramen von Shakespeare angesagt, sondern – neben dem Einpauken von Vokabeln – das mechanische Skandieren von Deklinationen und Konjugationen, ebenso bis zum Erbrechen wie das Konstruieren von Dreiecken. Paul Vogt versuchte an dem Unterrichtstag, der gerade geschildert wird, seinen Schützlingen den Unterschied zwischen Adjektiv und Adverb klar zu machen und stand kurz davor, zu resignieren. „Ein Adjektiv wird mitdekliniert und das Adverb bleibt unverändert; wie oft soll ich euch das noch sagen? Im Satz ‚das Haus ist groß' ist groß ein Adverb und ändert sich auch dann nicht, wenn das Subjekt weiblich ist. Also: ‚die Scheune ist groß' führt zur selben Form, während ‚eine große Scheune' und ‚ein großes Haus' zu unterschiedlichen Formen des Adjektivs führt. Kapiert?"

Nicht wirklich, denn im Deutschen unterscheiden sich die Formen nicht, während im Englischen dem Adverb ein -ly angefügt wird. Dabei gibt es wie immer bei den vermaledeiten Sprachen Ausnahmen. So lautet die Adverbform von good nicht goodly, sondern well.

Allgemeines Aufstöhnen. Paulchen – ein richtiger Spitzname für den Vogt war der Schülerschaft in Jahrzehnten nicht eingefallen – erkannte, dass er behutsamer vorgehen musste. Während er überlegte, wie er das bewerkstelligen sollte, vernahm er aus einer der mittleren Reihen die kaum gedämpften Worte „so ein Blödsinn!"

Er fuhr auf. An sich war er durchaus verständnisvoll für die Nöte seiner Schar, aber alle Frechheiten brauchte er sich auch nicht bieten zu lassen! Er wunderte sich lediglich, dass die Stimme frappant nach Friedel geklungen hatte, der sich sonst fügsam gab. „Friedel, warst du das?"

„Was denn, Herr Studienrat?" Friedel war sich darüber im Klaren, dass Paulchen über eine dahingesagte Bemerkung hinwegsehen würde, sodass er ein schweres Vergehen wie Abstreiten nachzuliefern hatte, wollte er die gewünschten Sanktionen zu spüren bekommen.

Prompt schnaubte Vogt vor aufkeimender Wut. „Das mit dem Blödsinn! Das kam klar aus deiner Richtung und klang nach deiner Stimme."

Seit der Szene mit Arche Noah wusste Friedel, was einen Lehrer mehr erzürnt als eine heftige Diskussion, und zwar eine wegwerfende Antwort, die jeden Respekt vermissen lässt. Deshalb wiederholte er seine Worte aus der Mathematikstunde: „Wenn Sie meinen!"

Das war's! Vogt war kein Verfechter heiliger Rituale, auch bei der Vergabe heiliger Trophäen nicht. So sprang er einfach auf, lief zu Friedel und verpasste ihm eine saftige Ohrfeige. „So, damit du wieder klar denken kannst. Ich kann ja auch nichts dafür, dass im Englischen nicht alles einfach ist." Er war in Gedanken bereits wieder beim Unterricht und hatte seine Tat schon vergessen, als er sich zurück an sein Pult begab.

Friedel zwinkerte Heribert zu, der anerkennend nickte. Da im Augenblick Stille herrschte, vernahmen die Quartaner verräterische Laute aus dem benachbarten Klassenraum, in dem Der Dunkle der Untertertia Latein vermittelte. Von dort bahnte sich die Sinfonie eines lustigen Ohrfeigengewitters seinen Weg. Friedel war froh, dem nicht ausgesetzt zu sein. Die Einfachausgabe langte ihm.

Sechste Stunde: Musik. Der Musiksaal ist in die oberste Etage des alten Backsteinbaus verbannt, denn dieses Fach ist zwangsläufig mit Geräusch verbunden. So geschieht des Musiklehrers inbrünstiges Klaviergeklimper fürsorglich unter Ausschluss der Öffentlichkeit außer jener bedauernswerten Jungen, die ihm ausgesetzt sind.

Und eines weiteren, direkt nebenan befindlichen Klassenraums. Früher war er als Lagerraum genutzt worden, aber die ständig steigende Schülerzahl hatte die Verwaltung eines Tages gezwungen, ihn unterrichtstauglich umzubauen. Davor ermöglicht ein relativ großflächiger Flurabschluss der kompletten Quarta, sich darauf zu tummeln. Es ist nämlich nicht erlaubt, den Musiksaal einfach zu stürmen – erst wenn der Lehrer das Eintreten in Reih' und Glied befiehlt, ist das statthaft.

Heute ließ August Silke auf sich warten. Das nahmen die 40 Zwölfjährigen zum Anlass, immer lustiger und immer lauter werdenden Fangspielen zu frönen. Geben wir es zu: Es herrschte ein Höllenlärm. Plötzlich knallte die Tür zu dem Ersatzklassenraum auf, in dem Mecki längst mit seinem Religionsunterricht begonnen hatte und der sich nun inkommodiert fühlte. Wie der Blitz schoss er auf den Flur, suchte sich nach alter Feldherrenregel unabhängig von dessen Schuld oder Unschuld ein brillenloses Opfer aus der Menge zur exemplarischen Bestrafung aus und langte unter Verzicht auf sein berüchtigtes An-den-Haaren-ziehen-Vorspiel kräftig zu, während er „Ruhe!" über die Köpfe der verdutzten Schülerschar brüllte.

Zufällig (?) war der, der passend in Positur gestanden hatte, Friedel gewesen, der nunmehr die sechste Trophäe seiner Pfeifensammlung hatte einverleiben dürfen. Seine linke Wange hatte es im Lauf des Tages neben der Rötung zu einer beträchtlichen Schwellung gebracht, sodass ihr jeder ihre heutige Aufgabe ansah.

Friedel hatte gerade mit Heribert zu diskutieren begonnen, als, von dem Lärm gestört, Silke endlich die Tür zu seinem Heiligtum zu öffnen und den Einzug in geordneter Formation zu befehlen geruhte. Mecki zog sich zufrieden zurück und die Quartaner nahmen ihre Plätze ein.

Entgegen dem üblichen Klischee gab sich der Musiklehrer keineswegs bescheiden und friedfertig. Noch vor 22 Jahren war er als SS-Offizier in seiner Uniform mit stolzgeschwellter Brust durch die Stadt spaziert und von allen Seiten devot gegrüßt und geachtet worden. Nun, als Musiklehrer, duschte er in keinerlei Unterwürfigkeit mehr. Sein Familienwappen, das einen weiblichen Vornamen trägt und dazu führt, dass über ihn nie anders als über ‚Die Silke' gesprochen wird, ist ein weiteres Puzzleteil zu seiner Kränkung. Am meisten kränkt ihn, dass Musik neben Kunst und Sport als nicht-wissenschaftliches Fach einkatalogisiert ist und für die Versetzung keine Rolle spielt. Umso grimmiger war er entschlossen, seine Zöglinge mittels harten Durchgreifens zu Zucht und Ordnung zu bewegen.

Die Stunde begann normal, indem Silke auf seinem Klavier eine Fuge von Bach vorspielte und zu erklären versuchte, was eine Fuge ist. Währenddessen führten Friedel und Heribert, die schräg hintereinander saßen, ihre Diskussion fort, ob die Ohrfeige auf dem Flur als sechste zählte oder nicht, weil sie außerhalb des Unterrichts ausgeteilt worden war. Naturgemäß war Friedel der Ansicht, dass sie zählte, und Heribert nicht. Ihre Meinungsverschiedenheit geriet so intensiv, dass sie nicht merkten, dass um sie herum plötzlich Totenstille herrschte. Als sie es merkten und aufsahen, war es zu spät.

„Vortreten, ihr Zwei, und zwar hurtig!" schnauzte Silke sie an. Wenn es bei ihm soweit war, war stets ein Doppelpack zu befürchten, denn er arbeitete perfekt beidhändig. Das heißt, die linkshändigen Zuwendungen saßen genauso gut wie die rechtshändigen. „Ihr habt sie wohl nicht mehr alle!" Er schrie nunmehr, außer sich vor Zorn. Zum Glück hatte er nicht wahrgenommen, über was sich die beiden lautstark in die Haare gekommen waren, sondern einzig, dass das lautstark passiert war. Nun war auch Heribert ‚dran‘, Klassensprecher oder nicht. Da er links und Friedel rechts stand, wurde die Klasse Zeuge eines handwerklichen Meisterstücks: Silke holte mit beiden Armen aus und platzierte seine erzieherische Maßnahme gleichzeitig bei Heribert auf dessen rechte und Friedels linke Gesichtshälfte. Die Vorführung gelang so gut, dass die Klasse spontan Applaus spendierte und Silke sich um ein Haar stolz verbeugt hätte. Um das zu kaschieren, grunzte er stattdessen: „Ruhe jetzt!"

Da der Doppelpack-Philosophie Genüge getan war, wenn auch auf ungewöhnliche Weise, gab Silke den Gnädigen und beorderte die beiden mit den Worten „nun setzt euch wieder, ihr Goldfasänchen" auf ihre Plätze zurück. Dass mit ‚Goldfasan‘ einst hinter vorgehaltener Hand ein Günstling Hitlers bezeichnet worden war, war 20 Jahre später bereits in Vergessenheit geraten.

Wenigstens, dachte Friedel, ist die Sache nun klar: Sechs Ohrfeigen im Zuge des Unterrichts und eine außerhalb gibt auf jeden Fall doppelte Zählung und insgesamt 14 Kerben im Rotbäckchen-Pokal.

Siebte Stunde: Zu Hause. Zufrieden vor sich hin pfeifend und mit den Glückwünschen seiner Klassenkameraden im Tornister schlenderte Friedel nach Hause. Seine brennende linke Wange hatte er verdrängt und er dachte gar nicht mehr an sie, als ihm seine Mutter die Tür öffnete. „Was hast du denn ausgefressen?"

Friedel war sich keiner Schuld bewusst. „Was soll ich ausgefressen haben?"

„Lüg' mich nicht an! Umsonst haben dir die Lehrer sicher keine Backpfeifen verpasst." Und schon hatte Friedel die achte innerhalb von sechs Stunden eingefangen, diesmal von zarter weiblicher Hand, die sich alles andere als zart anfühlte.

„Aua!" rief er empört, auch das erstmalig am heutigen Tag. „Wir haben nur eine kleine Wette abgeschlossen."

„Komische Wetten schließt ihr ab. Was sollen denn die für einen Sinn gehabt haben?"

„Dass ich am Ende des Schuljahres den Rotbäckchen-Pokal bekomme."

Kopfschüttelnd komplimentierte die Mutter ihren Sohn zum Mittagessen. Sie dachte daran, dass auch sie als Schulmädchen trotz des Drills der ‚Schwarzen Pädagogik' der Preußen- und Nazizeit keineswegs immer brav gewesen war und nicht davor zurückgeschreckt hatte, Zigaretten und Bier zu klauen und die Beute mit ihrer Freundin im Wald zu konsumieren. Da an ihnen, wenn sie nach Hause kamen, ihre Untat zu riechen war und auch gewisse Artikulationsschwierigkeiten zutage traten, hatten sie regelmäßig Prügel bezogen, aber das war es angesichts dessen, das heute ‚Kick' heißt, wert gewesen. Plötzlich tat ihr leid, ihren Sohn für ein Vergehen geschlagen zu haben, dessen Latte vermutlich weit unter der gelegen hatte, weswegen sie einst gezüchtigt worden war. Wessen ihr Sohn sich schuldig gemacht hatte, hatte sie nicht einmal gefragt. Manchmal ging bedauerlicherweise mit ihr heute noch der Gaul durch. „Entschuldige, Friedel", sagte sie deshalb bittend.

„Schon gut, Mama." Friedel bedauerte lediglich, dass diese achte, mütterliche Backpfeife nicht auf den Pokal angerechnet würde.

⌘

Die Stadt Ödelshagen ist fiktiv und folglich auch das dort domizilierte Friedrich Schiller-Gymnasium. Friedel Schubert, der ‚Held‘ der Geschichte, setzt sich indes aus mehreren realen Jungs zusammen, denen unter realen Lehrern, die – auch das versteht sich von selbst – anders hießen und andere Fächer gaben, langfristig widerfahren ist, was die vorliegende Geschichte auf einen Tag komprimiert. ‚Friedels Pfeifensammlung‘ ist ein getreues Abbild der Zustände an nordrhein-westfälischen Oberschulen in der Mitte der 1960er Jahre. Eine objektiv interessante Zeit, in der, wie im Text angedeutet, aus biologischen Gründen die Altnazis allmählich von den Jungsozialisten abgelöst wurden.

Louise versus Langeweile

Ihr kennt mich bereits von einigen Eskapaden und meinem Kilimanjaro-Trip. Ich bin Frauenärztin Rebecca Leharte und hin und wieder Zerstreuungen zugeneigt, die nicht unbedingt mit der Würde einer Frau Doktor kompatibel sind. Besagter Trip führte zur Bekanntschaft mit Carsten, die sich recht vielversprechend anließ, dann jedoch, nach einigen gegenseitigen Besuchen, einschlief, weil er am östlichen und ich am westlichen Ende der Bundesrepublik wohnt beziehungsweise wohne und wir beide unser angestammtes soziales Umfeld nicht im Stich zu lassen bereit waren.

Später schaffte ich es unter Einsatz modernster Ausrüstung auf den Mount Everest, im Tibetischen Chomolungma genannt. Dort trat ich unter meinem zweiten Vornamen Chris – Christine – auf, weil ich gedacht hatte, dass der für englisch- und sonstig sprechende Zungen einfacher zu artikulieren wäre. Das hatte sich als unnötig herausgestellt, denn Daphne du Maurier, Engländerin trotz ihres französisch klingenden Namens, hatte einst den weltberühmten Roman ‚Rebecca' geschrieben und ihre einheimische Leserschaft offenbar nicht vor eine zungenbrechende Herausforderung gestellt. Während dieses Trekks war mir ein mystisches Ereignis widerfahren, das ich bis heute nicht begriffen habe. Dem habe ich eine eigene Abhandlung gewidmet und soll deshalb an dieser Stelle kein weiterer Raum zur Verfügung gestellt werden.

Immer noch bin ich mit Herzblut im Motorradklub ‚Keep Slow with Speed' zugange. Sid, der Vorsitzende, ist bekannt dafür, dass er alle weiblichen Wesen fickt, die es nicht rechtzeitig auf den Baum schaffen, und ich, ich bekenne es, gab nicht immer alles, um es rechtzeitig zu schaffen.

Andererseits ist Sid das Gegenteil dessen, das ich mir als Familienvater vorstelle. Ich hatte in meinem ersten literarischen Erguss dezent angedeutet, dass es allmählich Zeit würde, wollte ich nicht als Oma meine Kinder großziehen. Und in Motorradklubs, auch wenn sie wie die ‚Speeder' von der Rockerszene weit entfernt agieren, ist es nicht ganz einfach, einen Märchenprinzen zu finden. Frauen leiden unter dem Zwiespalt, auf eine unvereinbare Kombination zwischen ‚richtigem' Mann und zweibeiniger Geschirrspül- und Windelwickelmaschine aus zu sein. Eigentlich brauchen sie drei von der Sorte: Einen, der die Nacht zum Tag umfunktioniert und sie fröhlich durchsingt und -tanzt, einen, der mit einem gutbezahlten Job punktet und richtig Geld nach Hause bringt und einen dritten, der den Haushalt besorgt. Gut, den zweiten bräuchte ich nicht, obwohl ich bereit wäre, zugunsten meiner Niederkunft für drei Tage die Praxis zu schließen und zwecks Aufzucht des Säuglings meine Wochenarbeitszeit auf 60 Stunden zu reduzieren.

Spaß beiseite. Natürlich finden sich im Klub Mitglieder mit der Ausprägung ‚Mann', die ein seriöses Privatleben führen. Leider gehört dazu meistens ein seriöses Eheleben.

Karlchen schien eine Ausnahme von dieser Regel zu sein. Wie das -chen in seinem Rufnamen geraten war, wusste ich nicht, denn mit seinen 1,80 Metern Lebendgröße – ‚in Strümpfen', wie sich Jack London einst selbst charakterisierte – blieb er nur knapp unter meiner. Während der Pausen unserer Eifel- und Hunsrückausflüge, die wir meistens auf Grillplätzen absolvierten, um unsere mitgebrachten Würstchen ihrer Bestimmung zu überantworten, geschah es zufällig, dass ich neben ihm zu sitzen kam. „Was machst du so?" fragte ich, während ich mit Hilfe meiner Gabel herauszufinden suchte, ob meine Grillmasse ‚durch' war.

„Beruflich, meinst du?"

„Genau."

„Ich bin Arzt." Scheiße, ein Berufskollege! Begehrte ich so einen? Merkwürdig, wie sehr ich mich hüten muss, allzu früh meine Frau Doktor preiszugeben, um potenzielle Verehrer nicht abzuschrecken, während ein Mann mit einem akademischen Titel gegenüber dem anderen Geschlecht keine Schwierigkeiten zu haben scheint. Sollte es so sein, dass Hühner auf Hochschulabsolventen im Allgemeinen und Götter in Weiß im Besonderen fliegen? Biedere Männer fühlen sich einer Promovierten unterlegen und meiden sie; biedere Frauen scheinen indes gern auf eine Lichtgestalt – wenn's geht, mit eher dickem als lichtem Portemonnaie – hochzuschauen. Was seid ihr doch für Luder, liebe Geschlechtsgenossinnen! Ob mir dieser Kerl mit seinem Beruf imponieren will …?

Karl hatte mein Zögern wahrgenommen und hakte nach: „Bist du so überrascht?"

„Nein. Ich überlege nur, welche Fachrichtung."

„Frauenarzt." Auch das noch! Doch was wollte ich, ich war es ja, die gefragt hatte. Karl redete weiter. „Manche finden es komisch, dass Leute meiner Berufsgruppe in so einem Klub sind, aber auch wir finden Spaß und Freude an kurvenreichen Landstraßen in schönen Landschaften."

Und kurvenreichen Bikerinnen? Das sagte ich aber nicht, sondern fragte harmlos: „Warum auch nicht?" Mir fiel auf, dass er überhaupt nichts von mir wissen wollte. Wahrscheinlich hielt er mich für eine Supermarkt-Kassiererin.

Wir wechselten an dem Tag keine weiteren Worte mehr miteinander. Während ich Karl weitgehend abgeschrieben hatte, schien er mich in seinem Gedächtnis gespeichert zu haben. Die folgenden Ausflüge fanden ihn beinahe als meinen ständigen Begleiter und ich stellte fest, dass er auf eine Kassenmieze wie mich scharf zu sein schien. Ob er sich je überlegt hatte, dass eine solche kaum über die finanziellen Möglichkeiten verfügt, ein luxuriöses Motorrad zu erwerben und zu unterhalten?

Eines Tages wagte Karl seinen ersten anzüglichen Satz. „Schade, dass du keine kurzen Hosen anhast."

„Würde sich nicht lohnen. Außerdem weißt du selbst am besten, dass der Fahrtwind auf einem Motorrad zugdichte Klamotten erzwingt, sonst kriegst du über kurz oder lang Probleme mit deinen Nieren."

Er lachte. „Du sprichst wie eine Ärztin, hast aber recht. Ich denke auch an andere Gelegenheiten."

Dann nenn' doch eine, du Trottel! Von mir aus können wir mal zusammen am Rhein 'langflanieren, um zu sehen, ob 'was aus uns wird – falls du nicht von meinen Beinen enttäuscht bist. Beeindruckend lang sind sie ja, aber leicht x-förmig und knochig. „Morgen um Zehn an den Kanonen?" hörte ich mich fragen und erschrak. Für eine anständige Frau gehört sich doch sowas nicht! Mal wieder war mit mir der Gaul durchgegangen, dass ich gar nicht anständig bin.

Karl sah mich überrascht an. „Gern. Es geht übrigens weiter. Also bis morgen!"

Da die Ausflüge des ‚Keep Slow' samstags stattfinden, fiel das angesagte morgen naturgemäß auf den Sonntag. Da wieder einmal die typische Bonner Junihitze zuschlug, war ich nicht die einzige Frau in hot pants. Um genau zu sein, sah ich außer ein paar durchgeistigten Professoren überhaupt niemanden mit züchtig bedeckten Schenkeln. Auch Karl, den ich mittlerweile geortet hatte, bot mir den Anblick seiner freiliegenden unteren Etage. Wahrscheinlich, dachte ich, gehöre ich für ihn wegen mit meines losen Mundwerks in die Kategorie der einfach Gestrickten statt der unnahbaren Frau Doktor. Mal sehen, wie wir die Sache auflösen!

Jetzt hatte er mich entdeckt und winkte mir zu. Er reichte mir steif die Hand und fragte höflich, womit wir uns während der bevorstehenden Stunden beschäftigen sollten. Ich versagte mir, auf die mannigfachen Möglichkeiten des von mir häufiger genutzten Buschwerks zu verweisen, und schlug einen Spaziergang über die Rheinpromenade vor. Nein, mein lieber Karl, ein Erst-ficken-dann-fragen-Typ bist du wahrlich nicht!

Ich befürchtete zunächst, der Spaziergang würde zu einem Desaster ausarten. Er traute sich nicht einmal, seinen Arm um meine Taille zu legen, obwohl mein Top über dem Bauchnabel endete und seine Hand direkt auf meiner Haut aufläge – oder deswegen? Nach einer peinlich ausgedehnten Phase der Wortlosigkeit fand er in seinem Beruf ein Gesprächsthema, von dem er immer noch annehmen musste, dass ich keine Silbe verstand – oder deswegen?

Ich hörte eine Weile zu und trug zur Unterhaltung nicht mehr als ein gelegentlich eingestreutes „hm-m" bei. Erst als er behauptete, dass das Chlamydia trachomatis-Bakterium keinen nachweisbaren Einfluss auf den Schwangerschaftsverlauf habe, gab ich Kontra: „Die Doktorarbeit von Barbara Donhoeffner aus dem Jahr 1990 weist klar nach, dass eine pathogene Vaginalflora das erhöhte Risiko eines negativen Schwangerschaftsausgangs nach sich zieht. Da willst du mir doch nicht erzählen …"

Ich merkte, dass Karl hinter mir zurückgeblieben war, sah mich um und in ein entsetztes Gesicht. „Was weißt du denn davon?" Er sah aus wie von einem Dämon befallen.

„Weil ich auf dieser Basis meine eigene Doktorarbeit aufgebaut habe", erwiderte ich ein wenig patzig.

„Dann … Dann bist du auch …?"

„Ja, bin ich. Das ist aber kein Grund zum Stottern. Was hast du denn gedacht, was ich bin?!"

„Naja, eine Art … Ich meine, so eine …"

„Putzfrau, Wäscherin, Dummchen vom Dienst?" Ich hatte richtig vermutet. Sollte er nun machen, was er wollte: Von meiner Seite würde kein Versuch der Annäherung mehr gestartet.

Seine Stimme wurde weicher. „So hab' ich's nicht gemeint. Ich hatte dich einfach nicht für eine Studierte oder gar Promovierte gehalten. Ich meine, deine Ausdrucksweise …"

Mein Lachen geriet so höhnisch, dass andere Spaziergänger aufmerksam wurden und ihre Köpfe zu uns drehten. In gemäßigter Tonlage sagte ich: „Ich stamme aus einfachen Verhältnissen und ich sage dir, dass das manchmal recht nützlich ist. Dass du mich nicht durchschaut hast, betrachte ich als Triumph."

„Ich … Ich habe einfach nicht damit gerechnet."

„Man sollte halt mit allem rechnen. Und hör' gefälligst auf zu stottern. Wenn du willst, können wir weitergehen und uns als Paar geben." Das war eine unverblümte Aufforderung, seinen Arm um mich zu legen, und das tat er endlich auch. Wenigstens hat er schöne warme Hände, dachte ich, aber das war bei der Hitze kein Wunder. Nur Frauen bringen es fertig, bei 35°C unten herum praktisch nichts anzuhaben, ihren Hals mit einem Wollschal zu umwickeln und unter den geschilderten Bedingungen und in dieser Montur mit tiefgefrorenen Extremitäten aufzuwarten. Ich gehöre, das sei hier angemerkt, nicht zu dieser Gattung.

Irgendwann wagte Karl, seine Hand nicht nur auf mir ruhen zu lassen, sondern auch an meinen Weichteilen herum zu kneten. Wir suchten uns ein Café aus, in dem er sich mir gegenüber setzte. Nachdem wir unsere Bestellung abgegeben hatten, verirrte sich seine Hand ab und zu auf meine Knie. Ich tat, als merkte ich das nicht, denn allzu aufmunternd wollte ich mich nicht geben Feinfühlig registrierte er, dass ich mich auch nicht empörte. Als wir uns verabschiedeten, hatte ich ihn immerhin so weit, dass wir uns umarmten, er mich am Po tätschelte und seine Finger sich sogar bis zum Ansatz meiner Oberschenkel verirrten. Sein Kuss war schüchtern, kaum mehr als ein Hauch auf den Lippen.

Dann, nach ungefähr einer Woche, war es soweit, dass wir zusammen im Bett lagen. Ich vermied es, Karl mit Sid zu vergleichen, der sich nicht gescheut hatte, mir vor dem Akt ordentlich den Arsch vollzuhauen – Karl käme nie auf so eine Idee. Naja, niemand ist perfekt.

Unser Sex war alles andere als prickelnd. Auf den Rücken legen, eine Weile begrabscht werden, Beine auseinander, 'reinschießen lassen und fertig. Karl würde sicher einen wunderbaren Vater und Ehemann abgeben, der mich auf Händen trüge. Nur, dass ich nicht auf Händen getragen werden möchte. Das mein ganzes restliches Leben …? Okay, Leute, ich gebe ja zu, dass ich zu Lotterleben neige und das bei Geburt eines Kindes aufhören sollte. Nichtsdestotrotz sollte ein bisschen Pep drinliegen.

In dieser Situation fiel mir meine Patientin Louise ein. Wir hatten uns miteinander angefreundet und unternehmen das eine oder andere miteinander, meistens einen Treff im Café

Sahneweiß in der Kaiserstraße. Ihre Diagnose offenbart nymphomane Züge, ohne dass sie diese auslebt, denn sie ist sehr zurückhaltend. Eine im Grunde nur durch ständigen Geschlechtsverkehr heilbare ‚Krankheit', womit meine ärztliche Kunst ihre Grenzen gefunden hat.

Ich weiß nicht mehr, was mich auf den hinterhältigen Einfall brachte, sie mit Karl zu konfrontieren, denn nicht zuletzt bestand die Gefahr, dass ich ihn an sie verlieren würde – oder die Chance? Ich wollte einfach wissen, ob ich den Verlust bedauern würde oder nicht, denn aus meinem Inneren vermochte ich meinen Gemütszustand nicht herauszulesen. Mark Twain warf laut anekdotischer Überlieferung bei heiklen Entscheidungen eine Münze, und zwar nicht, um dem Schicksal das finale Wort zu überlassen, sondern, um an Hand der zu Tage tretenden, bis dahin verkappten Freude oder Enttäuschung seinen Weg zu wählen.

Wir verabredeten uns zu einer Wanderung entlang des Ahr-Höhenwegs. Damit meine ich nicht den, der offiziell so heißt und durch Taunus und Westerwald führt, sondern den im bescheidenen Nahbereich zwischen Ahrweiler und Sinzig. Seine Länge beträgt ungefähr 20 Kilometer und führt mit schöner Aussicht auf das Flusstal an den Weinbergen entlang. Das ist zugleich sein Hauptnachteil, denn der Weinanbau ist die Ursache, dass der Weg weitgehend in der prallen Sonne verläuft. Erst kurz vor Sinzig, wenn er sich zum Rhein hin öffnet, laden einige Wäldchen mit Grillplätzen und dazugehörigen Sitzgruppen zur Rast ein. Ein weiterer Nachteil besteht darin, dass er gleichzeitig Radweg ist. Das ist heutzutage lästig, weil die Radfahrer nicht wie früher pfeifend vor sich hin treten und die Landschaft genießen, sondern tiefstmöglich über das Lenkrad geduckt ihre letztmalige Bestzeit nochmals zu unterbieten suchen und für die wenigen Fußgänger eine ernsthafte Gefahr bedeuten. E-Bikern wiederum geht dieser sportliche Drang zwar ab, aber sie sind dank technischer Unterstützung dennoch so schnell, dass sie einem auftauchenden Hindernis wie lästigen Wanderern nicht rechtzeitig auszuweichen vermögen, vor allem, wenn die Fahrer ältere, schwerfällige Zeitgenossen sind.

Zunächst fuhren wir mit meinem Wagen zum Bahnhof von Sinzig und stellten ihn dort ab, was am Sonntag ohne zeitliche Beschränkung kostenlos möglich ist – ein Wunder des 21. Jahrhunderts! Dann benutzten wir den Regionalzug nach Ahrweiler, um vom Haltepunkt Markt unsere Wanderung zu beginnen und bei meinem Auto am Bahnhof Sinzig wieder zu beenden.

Heute war zum Glück so heiß, dass die Spezies Radfahrer nur selten auftauchte und wir Drei den Weg weitgehend für uns allein hatten. Da wir immunisierend gebräunt waren, brauchten wir trotz Marscherleichterung keinen speziellen Sonnenschutz. Marscherleichterung bedeutet im Klartext Joggingschuhe, kurze – sehr kurze! – und enge Hosen sowie kurzärmelige, vorbaubetonende T-Shirts für Louise und mich.

Merkwürdigerweise tappten beim Anstieg zum Höhenweg Karl und ich hinter Louise her, und zwar, wie ich vermute, aus demselben Grund. Mann, hat das Weib Beine! Meine sind zwar länger, weil ich zum Lulatsch geraten bin, aber an Formschönheit deutlich unterlegen. Dass auch Karl seine Blicke nicht im Zaum zu halten vermochte, verstand ich. Ich verkniff mir deswegen jegliche spöttische Bemerkung.

Allmählich tauten Louise und Karl auf. Ich hatte mit ihm die Wanderung geplant, ohne ihn in Louises Teilnahme einzuweihen. Auch Louise war überrascht, plötzlich einen Mann in meinem Vehikel sitzen zu sehen, denn sie hatte ich in dem Glauben gelassen, dass es sich um eine artreine Frauenveranstaltung handeln würde. So verlief die Fahrt zum Bahnhof Sinzig in peinlichem Schweigen und auch während der Zugfahrt kam unser übliches weibliches Geschnatter nicht recht in Gang. Erst, als wir uns schnaufend bis zum Höhenweg hochgearbeitet hatten, fielen aus Karls Mund die ersten Komplimente. „Tolle Leistung, Lou!" stand verkappt für tolle Figur, toller Arsch, toller Balkon und tolles

Fahrgestell. Ich fragte mich, ob Louise den verschlüsselten Text enträtseln würde. Sollte ich es hoffen …?

Wir spazierten gemütlich über den fast ebenen Weg und unterhielten uns über dies und das, wobei Karls Pupillen immer wieder zwischen Louises Oberweite und Parterre hin und her irrlichterten. Die Bewunderte wusste nicht, ob sie darüber irritiert sein sollte, denn ich hatte sie nicht eingeweiht, ob Karl mein körperlicher Partner wäre oder nicht. Schließlich entschied sie sich, auf mich keine Rücksicht zu nehmen und in den Blickduschen des Mannes zu baden, denn die entgingen ihr durchaus nicht.

Ab und zu nahmen wir einen Schluck aus unseren Wasserflaschen, die recht bald einen gefühlt kochenden Inhalt preisgaben, aber für eine Rast bot sich einfach kein anheimelnder Platz an. Erst nach beinahe fünf Gehstunden, in einem der erwähnten Wäldchen, rasteten wir in einer Lichtung und ließen uns auf der zu einem Grillplatz gehörenden Sitzgruppe nieder. Steaks oder Würstchen hatten wir keine dabei, aber wir fanden endlich Gelegenheit, unsere mitgebrachten Stullen zu verzehren.

Während ich beim Kauen war, spürte ich, dass sich hinter mir zwei Schatten in Luft auflösten. Aus schrägem Winkel gewahrte ich, dass ich mich allein fand. Ich grinste. Allzu weit sollten die beiden nicht entfernt sein. Leise erhob ich mich und folgte Tönen, die nach weiblichem Kichern in erregter Tonlage klangen. Ich umschlich die Stelle, an der ich die Vereinigung von Stecker und Dose vermutete, und siehe da, die beiden hatten zu schönster Harmonie gefunden. Kurze Hosen sind, anders als kurze Röcke, im Schritt leider dicht, sodass sich beide ihrer zu entledigen gezwungen sind, sollen Becken und Lenden auf hindernisfreie Tuchfühlung gehen. Eigentlich hätten die beiden mich wahrnehmen müssen, so weit hatte ich mich aus Neugierde vorgebeugt, aber dazu waren sie zu beschäftigt. Karl hatte sich, Unter- und Überhose auf Wadenhöhe hinuntergeschoben, auf den Rücken gelegt, während Louise rittlings auf ihm hockte und ihren Oberkörper rhythmisch vor und zurück bewegte. Ihre Brüste schaukelten, unter dem dünnen Stoff deutlich erkennbar, im selben Rhythmus mit. Bei einem solchen Anblick muss ein Mann ja alles geben! Wo hatte sie denn …? Ah, ordentlich aufeinander getürmt die hot pants und das Höschen neben sich.

Leise zog ich mich zurück und nahm meinen alten Platz wieder ein, als hätte ich ihn nie verlassen. Es dauerte eine ganze Weile, bis die beiden auftauchten und sich zu benehmen versuchten, als wäre nichts geschehen. Ihr immer noch keuchender Atem und die Schweißperlen auf beider Stirn straften ihr Verhalten Lügen. „Wart ihr Pilze suchen?" fragte ich in heuchlerischer Arglosigkeit.

„Ja. Ist aber erst im Herbst wieder sinnvoll. Im Augenblick findest du nichts."

„Dafür habt ihr 'was anderes gefunden?!"

„Wie meinst du das?"

Karl sah meine Frage realistisch. „Haben wir. Und?"

Ich drehte mich um und sah Louise und ihn an. „Immerhin sind wir ein Paar, mein Lieber. Nicht, dass ich es dir nicht gönnen würde, dich mal woanders auszutoben."

„Hör' mal, Rebecca …"

„Ja?"

„Mit dir ist's ja ganz schön, aber, wie soll ich sagen …?"

„Langweilig?"

„Danke, dass du es sagst."

Ich schluckte. Das wäre genau das, was ich ihm vorgeworfen hätte, wäre es je zu einer Aussprache gekommen. War tatsächlich ich es, der die sexuelle Ausstrahlung fehlte? Wenn ich an Sid und einige andere dachte …

Ich hatte so lange geschwiegen, dass Karl beunruhigt war. „Du bist doch nicht beleidigt?"

Ich lachte laut heraus. „Na hör' mal, hintergangen werden und nicht beleidigt sein? Verlangst du da nicht ein bisschen viel?"

Erstmals mischte sich Louise in den ins Persönliche und vielleicht ins Beleidigende abgleitenden Disput. „Kannst du mir verraten, was dein Komplott sollte?"

„Welches …?"

„Spiel' bitte nicht die Unschuldige. Dass du uns für diesen Tag zusammengebracht hast, hatte doch einen Sinn. Du willst mir nicht allen Ernstes erzählen, dass du dir dabei überhaupt nichts gedacht hast?!"

Louise hatte mich ertappt. Weibliche Intuition ist männlicher turmhoch überlegen. Ich senkte schuldbewusst den Kopf. „Okay, Louise, ein Punkt für dich."

„Du wolltest mich testen?" Karl war leichter Zorn anzuhören.

„Nein, Karl, wirklich nicht .Ich wollte mich testen."

Er sah mich verdattert an. „Muss ich das verstehen?"

Wieder war es Louise, der das gelang. „Wie viel dir Karl am Herzen liegt, stimmt's?"

„Hm, ja."

Ich sah Karl an, dass er mich am liebsten geohrfeigt hätte. Ich hätte es ihm nicht verübelt und mich nicht beschwert. Er beherrschte sich indes, holte tief Luft und fragte: „Darf ich wenigstens das Ergebnis erfahren?"

Nun holte ich Luft. „Es ist das Problem der Routine, der Langeweile. Wir haben beide unsere Beziehung als das empfunden, als langweilig. Der heutige Tag hat gezeigt, dass du mich verdächtigt hast, daran schuld zu sein, und ich dich. Nun habe ich gesehen, dass wir anscheinend einfach nicht zusammenpassen, denn mit Louise hast du dich prächtig vergnügt …"

„Hast du uns etwa beobachtet?" Jetzt geriet Karl richtig in Wut.

„Glaubst du ernsthaft, ich merke nicht, wenn ihr für eine Viertelstunde einfach verschwindet? Pilze suchen im Hochsommer?!" Ich musterte Karls Gesicht. „Dass du sauer bist, verstehe ich. Bedenke aber bitte, dass auch ich Grund dazu hätte. Ich gebe unumwunden zu, dass ich es war, der die

Situation heraufbeschworen hat. Ich bitte dich, wenn dir danach ist, mir ein paar zu knallen, das bitte nicht zu tun, sondern mir den Hintern zu versohlen. Das würde ich klaglos akzeptieren."

„Kommt nicht in Frage!" Louise brachte sich in Erinnerung. „Wenn das jemand verdient hat, bin ich es. Schließlich habe ich Karl aktiv verführt. Das gebe ich hiermit unumwunden zu."

„Auf keinen Fall!" Karl wollte seiner frisch eroberten Liebsten sichtlich jedes Ungemach ersparen.

„Wenn du es ablehnst, soll Rebecca mir die Tracht Prügel verabreichen. Schließlich ist sie die Gehörnte."

„Ich dachte, den Titel tragen nur Männer. Ist aber egal." Ich sah Land in unserer Seenot. „Wenn du einverstanden bist, Louise, machen wir es so. Dann ist die Sache von meiner Seite vergessen und ich überlasse dir Karl. Ich glaube, das ist das Beste"

„Geht in Ordnung."

Rasch einigten wir uns auf 36 Schläge, Louises Alter, obwohl heute nicht ihr Geburtstag war. Sie legte sich über meinen Schoß. Karl wollte sich diskret abwenden, aber ich ermunterte ihn, zuzuschauen. „Du wirst Vergnügen dabei empfinden, zumal das auch für Louise zutrifft. Du wirst es sehen." Ich drückte die Delinquentin an mich, damit sie mir nicht entgleiten würde, und richtete mich gerade auf. Ihr dünn gewandeter Oberkörper lagerte nunmehr über meinen bloßen Oberschenkeln und meine linke Hand kraulte einige Minuten versonnen ihren der Schwerkraft gehorchenden Busen, der bestimmt gleich ebenso im Takt mit meinen Liebkosungen wippen würde wie vorhin bei ihrem Ritt auf dem Hengst. Dann umfasste ich ihre Taille unterhalb ihres nach oben gerutschten T-Shirts. Straff gespannter Jeansstoff fieberte meiner Rechten entgegen und der Anblick ihrer feingliedrigen und dennoch kräftigen Arme und atemberaubenden Beine rundete die Standard-Spankingpose ab. Obwohl nicht lesbisch veranlagt, jagte mir der Kontakt mit den weiblichen Hautflächen angenehme Schauer der Erregung durch die erogenen Zonen. Mit Vergnügen sah ich der Züchtigung entgegen, bei der diesmal ausnahmsweise nicht ich als passive Teilnehmerin ausersehen war.

„Bist du bereit, Louise?"

„Ja, Rebecca. Leg' los!"

Meine flache Hand klatschte auch in der freien Natur auf dem wunderbar gewölbten Hosenboden anregend. Louise gab außer einem zischenden Atemzug bei jedem Handauflegen keinen Laut von sich. Nach 18 hielt ich inne und fragte: „Alles gut, meine Liebe?"

„Alles gut!"

„Brauchst du eine Pause?"

„Nein. Zieh's durch!"

Nach den ausgemachten 36 gab ich den Frauenleib frei. Meine Delinquentin erhob sich. Ihrer Kehle entrangen sich schmachtende Summtöne, die tiefer innerer Ausgeglichenheit Ausdruck verliehen. Glücklich lächelnd rieb sie sanft ihre rückwärtigen Rundungen. Müßig zu erwähnen, dass das unglaublich sexy aussah – eine Frau, die sich selbst hinten dran fasst, ist an erotischer Ausstrahlung nicht zu überbieten. Karl empfand das auch so, darauf wiesen verschiedene Indizien zweifelsfrei hin. Das schloss nicht aus, dass er das Erstaunen in Person widerspiegelte. Zu Louise gewandt sagte er kopfschüttelnd: „Man meint, das hätte dir Spaß gemacht?!"

„Och, so schlimm war's nicht. Wohlig warme und köstlich kribbelnde Schinken haben 'was."

„So, Mädels und Jungs", erklärte ich entschlossen. „Das Picknick ist beendet. Jetzt 'runter zum Bahnhof Sinzig und ab nach Hause."

Das war das Ende meiner Beziehung mit Karl. Ich setzte beide direkt vor seiner Wohnung ab und überließ sie ihrem Schicksal. Eine gewisse Neugier kann ich nicht leugnen, ob Karl angesichts Louises unverhohlenen Vergnügens den

Popoklatsch eigenhändig wiederholt hat, kaum dass die Wohnungstür hinter ihnen ins Schloss gefallen war. Aber das werde ich nie erfahren. Alles kann man nicht haben – und frau auch nicht.

Unter uns: Unaufgeregt und unauffällig habe ich mein Ziel erreicht. Ich bin ja immer bereit gewesen, mich spanken zu lassen, aber seit kurzer Zeit spricht eine biologische Veränderung dagegen. Ich bin nämlich schwanger und Karls Gene auszutragen empfinde ich als vielversprechend.

Louise und Karl habe ich aus den Augen verloren, was mir lieb ist, denn Karl soll nie erfahren, dass er stolzer Vater sein wird. Ich werde folglich zu den zahlreichen alleinerziehenden Müttern gehören, denen das Mitleid der Mitbürger und das Bedauern der Sozialämter zufliegen. Hatte ich zu Beginn geschrieben, ich würde nach meiner Niederkunft im Interesse des Nachwuchses meine Wochenstundenzahl auf 60 reduzieren? Das war leicht untertrieben. Ich beabsichtige die Reduktion auf 50 zu steigern.

Spaß beiseite. Ich freue mich.

Schwester Melissa

Ich bin so ungefähr das Gegenteil meiner kapriziösen und exaltierten Mutter Rebecca Christine. „Maurice", pflegt sie zu sagen, „du musst mehr aus dir herausgehen. Wie du dich gibst, fliegt kein Mädchen auf dich."

„Aber Mama, Frauen wünschen sich doch einen Mann, der auf Großspurigkeit verzichtet, im Haushalt mithilft, seine Abende seriös zu Hause verbringt und möglichst wenig Alkohol zu sich nimmt."

Meine Mutter stieß ein Lachen hervor, dem bei einem Mann das Attribut ‚dreckig' verliehen würde. „Sagen tun das alle, mein Lieber, aber wünschen tun sie das Gegenteil: Einen richtigen Mann. Ein Individuum, das Bücher liest und mit der Modelleisenbahn spielt, läuft unter Flasche oder, positiv ausgedrückt, unter Traumschwiegersohn, Traumschwager und Traumbruder, nur unter einem nicht: Traummann."

Es war nicht das erste Mal, dass wir das durchdiskutierten. Dass ich mit 21 noch unschuldig war, wollte ihr nicht in den Kopf. „Aber wenn ich eine frage …"

„Fragen, Blödsinn! Weiber wollen kein langes drumherum reden und schon gar keine dummen Fragen. Packen, flachlegen und wumm!"

„Aber darauf stehen drei Jahre Gefängnis …"

Der Seufzer meiner Mutter war gefühlt drei Häuserblöcke weiter zu hören. „Langsam glaube ich, dass das deutsche Volk wirklich nichts Besseres verdient, als auszusterben. Sieh' dich um: Überall bilden sich Paare wie von Magneten angezogen. Meinst du, die fragen nach dem Strafgesetzbuch?"

„Das sind ja auch Raubeine …"

Mutter wandte sich resigniert ab. „Genau die, die frau begehrt. Ich glaube, ich rede gegen die Wand. Ich kann nur hoffen, dass dich irgendwann eine Draufgängerin erobert, die sich einfach bückt, ihren Rock hochzieht, ihr Höschen fallen lässt und die Beine spreizt."

„Aber Mama ..." Ich hatte das dumme Gefühl, dass Frauenärztin Doktor Leharte in ihrer Jugend genauso vorgegangen ist. Ich vermeide es, sie direkt danach zu fragen, weil ich ihr nicht zu nahe treten möchte, aber interessieren würde es mich gleichwohl. Mir war nämlich bisher keine Frau über den Weg gelaufen, die sich so verhielt. Wobei ich zuzugeben gezwungen bin, dass mir nicht allzu viele weibliche Wesen in meinem Alter über den Weg gelaufen sind. Im Fach Informatik, dessen zweites Semester ich gerade begonnen habe, ist dieser Teil der Menschheit stark untervertreten, um nicht zu sagen inexistent.

Ich sah meine Mutter plötzlich mit anderen Augen, ohne dabei Ödipus zu nahe zu treten. Mit 55 ist sie auf etwas herbe Art attraktiv, ohne dass sie das in der von ihr bevorzugten Art zu nutzen scheint. Ich erinnere mich jedenfalls nicht, dass sie sich – zumindest in meiner Gegenwart – je mit einem Mann eingelassen hat. Sie gab mir mehrfach durch die Blume zu verstehen, dass ihre Schwangerschaft und Niederkunft sie stark verändert habe, vor allem ihre sexuellen Bedürfnisse. Offenbar so weit, dass sie seitdem frigide ist und abstinent lebt. Davor war das sicher anders, denn ich bin kaum das Ergebnis der ersten Jungfrauengeburt seit über 2000 Jahren. Diese Erkenntnis löst indes nicht das Geheimnis meines Vaters ...

Mein eigenes Spiegelbild zeigt den nackten Durchschnitt. Normal gewachsen, nicht zu groß oder zu klein, nicht über-, aber auch nicht untergewichtig, normale Gesichtszüge, keine abstehenden Ohren, normale Frisur, normale Haarfarbe – ich glaube, man nennt sie dunkelblond – und normale Tonlage, nicht zu schrill, zu dunkel oder zu leise, ergeben alle Zutaten eines erfolgreichen Verbrechers oder Spions. Niemand wäre, von Fahndern verhört, mich anders als ‚normal' zu charakterisieren in der Lage.

Ein Vorteil, hätte ich je im Sinn, mich einer solchen Berufsgruppe zuzuwenden. Ich bin indes mathematisch-naturwissenschaftlich gepolt und träume von einer Karriere als Softwareentwickler. Hört sich nicht sexy an, vor allem nicht für weibliche Wesen, ich weiß. Was soll ich jedoch über meinen Schatten springen und mich für Dinge zu begeistern vorgeben, die mich nicht begeistern? Dazu zähle ich Partys, Besäufnisse und Raufereien. Diese Beschäftigungen finde ich nicht sexy und Tussis, die dem übelsten Schläger applaudieren, erst recht nicht.

Naja, vielleicht findet sich irgendwann mal eine, die einen Informatiker erregender findet als einen, sagen wir, Versicherungsmakler. Die Hoffnung stirbt bekanntlich zuletzt.

●

Bei unserer Eigentumswohnung ums Eck hat sich eine In-Kneipe etabliert, die auch noblere Getränke als Kölsch ausschenkt. Ich bin zwar, wie der einführende Absatz andeutet, ein recht häuslicher Mensch, aber ab und zu fällt mir doch die Decke auf den Kopf. Meine Mutter hat nicht nur volles Verständnis dafür, dass ich ab und zu allein die Szene unsicher machen möchte, sondern unterstützt den Wunsch aktiv. Wahrscheinlich hofft sie darauf, dass ich doch einmal eine aufreiße – oder eine mich. An dem Abend, den zu schildern ich mich anschicke, geschah das tatsächlich, aber mit welchem Ausgang! Doch von vorn.

Ich merkte sofort, dass es hier anders zuging als ich es gewohnt bin. In klassischen Kölschkneipen zapft ein missgelaunter, beleibter und schwitzender Köbes eine Stange nach der anderen und schiebt sie lustlos den durchwegs männlichen Bestellern über die Thekenplatte zu. Wahrlich kein ästhetischer Genuss, aber ein sicherer, denn dort sind anzügliche Bemerkungen erlaubt, ohne dass gleich eine hysterische Alte mit einer Anzeige wegen Sexismus droht.

Hier nun waren mindestens ebenso viele weibliche wie männliche Vertreter des Menschengeschlechts zugegen, wenn nicht mehr, und dazu recht aufgebrezelte. Die Blöße, mich vom Fleck weg umzudrehen und zu flüchten, wollte ich mir nicht geben. So platzierte ich mich am Tresen und bestellte zur Abwechslung ein Pils. Als Bedienung waltete eine attraktive Blondine in einem knackengen Ledermini und Netztop, die ob meines ordinären Wunschs ihre Augenbrauen zu einer Falte umstrukturierte, jedoch, ganz Profi, von einer abfälligen Äußerung absah und davonschritt, um ihn zu erfüllen.

Bis das deutsche Nationalgetränk so präpariert ist, dass es eine Schaumkrone von dauerhafter Konsistenz ziert, vergehen angeblich sieben Minuten. Während dieser Zeit wusste ich nicht recht, wohin ich schauen sollte, ohne eine der anwesenden Damen zu inkommodieren. Als Ausweg bot sich die Decke an, als wäre ich angehender Innenarchitekt, der die weißgetünchte Betonmaserung zu Studienzwecken analysiert.

Dann geschahen zwei Dinge gleichzeitig. Die Blondine stellte mir voller Verachtung das Glas vor die Nase. Leider erhielt ich kaum Gelegenheit, die perfekte Blume zu bewundern, denn unversehens fand ich mich von zwei Frauen umzingelt, die mindestens ebenso attraktiv wie die Bartenderin und ebenso spärlich gewandet waren. „Allein?" fragte mich die Rechte unverblümt. In ihrer Stimme lag leichte Aggressivität.

„Hm-m."

„Bist du Hamburger?"

„Warum?" rang ich mir ein erstes vollständiges Wort ab.

„Die sind berüchtigt für ihre Geschwätzigkeit."

„Nein."

„Das zweite vollständige Wort. Das sollten wir im Kalender vermerken." Das wehte von der Linken herüber.

Die Bedienung lungerte wie zufällig in unserer Nähe herum. Ich zog eine Fünfernote aus meiner Hemdtasche, deponierte sie neben das Bier, erhob mich und wandte mich ab.

„Stimmt so", sagte ich und bewegte mich so würdevoll, wie es in dieser verfahrenen Situation möglich war, Richtung

Ausgang. Schade, dachte ich, dass ich keinen Schluck von dem wundervoll süffig aussehenden Gerstensaft gekostet habe, aber ich habe keinerlei Lust, mich von irgendwelchen Nutten abschleppen zu lassen und mich mit Pech ausgeraubt im nächsten Straßengraben wiederzufinden, nachdem mich die beiden ihren Gorillas in die Hände gelockt haben würden.

Ein bisschen neugierig wäre ich schon gewesen, welche Sorte von Blicken mir folgte, aber ich zwang mich eisern, geradeaus zu schauen. Gefühlt währte es eine Ewigkeit, bis ich endlich den Raum durchmessen und das Etablissement verlassen hatte. Vorsichtshalber schlug ich auf dem Weg nach Hause einige Haken, damit kein eventueller Verfolger meine Adresse herausbekäme, und erweiterte die Haken zu einem ausgedehnten Spaziergang zum Rhein hinunter, nachdem mir bewusst geworden war, dass meine Mutter sich wundern würde, warum ein geplanter gemütlicher Abend bereits nach einer halben Stunde geendet hatte.

Ich schaffte es, dadurch ihrer Verwunderung zu entgehen, dass ich eine schöne Eckkneipe mit meinem Besuch beehrte, in der ein missgelaunter, beleibter und schwitzender Köbes ein Kölsch nach dem anderen zapfte, während wir Gäste uns bierselig über Gott und die Welt unterhielten und sie nebenbei retteten – die Welt, meine ich.

●

Das peinliche Erlebnis beschäftigte mich einige Zeit. Nichtsdestoweniger rief der Alltag in gewohnter Weise. Zum Alltag gehört neben Vorlesungen, Seminaren und Übungseinheiten auch das leibliche Wohl.

Ob die Attribute leibliches Wohl und Mensamenü kompatibel sind, bleibe dahingestellt. Meine Mutter ist zwar durchaus wohlhabend, aber so weit, dass sie mir gestattet, mich ausschließlich in teuren Restaurants zu ernähren, geht ihre Liebe denn doch nicht.

Immerhin geschieht das Mittagessen in der Mensa meistens kollektiv mit einigen Kommilitonen – die -innen sind zu rar gesät, als dass mit ihnen eine Übereinkunft zu schaffen wäre –, aber manchmal passt auch das nicht, je nach Lage der Übungsstunden, für die sich der einzelne eingeschrieben hat. Heute war so ein Tag, an dem ich solo mit meinem Tablett nach einem freien Platz Ausschau hielt. Darauf befand sich eine Schüssel mit legierter Grießsuppe, allgemein als legendär tituliert, denn auf der Anschlagtafel wird sie stets mit ‚leg.‘ abgekürzt, und als Hauptspeise eine Frikadelle mit Kartoffeln und Kappes. Kappes ist die rheinische Bezeichnung für jegliche Art von Kohl. Bezüglich der Frikadellen wird gemunkelt, dass die Mensa einst einen Prozess gewonnen habe, in dem die Frage behandelt wurde, ob die Qualität des enthaltenen Fleischs den Ansprüchen zeitgemäßer Ernährung genügen würde. Den Prozess gewann sie, denn ihr gelang der Nachweis, dass sie für ihre Frikadellen keinerlei Fleisch verwände. Ich bin geneigt, der Sage Glauben zu schenken. Was die Grießsuppe angeht, wird sie angeblich seit den Zeiten Karls des Großen täglich als Vorspeise gereicht. Das wiederum halte ich für etwas übertrieben. Wer daran denkt, eine Tube mit scharfem Senf und einige Tütchen Pfeffer und Salz am Leib zu tragen, sieht sich immerhin imstande, das Arrangement geschmacklich ein wenig aufzupeppen.

Die Mensa pflegt zur Mittagszeit rappelvoll zu sein, aber für eine Einzelperson findet sich immer ein Eckchen zum Niederlassen. Da! An dem ausgespähten Achter saßen vier Personen, zwei Frauen und zwei Männer, und tauchten ihre Löffel lustlos in die legendäre …

„Ist bei euch frei?“

„Klar! Setz‘ dich!“

Zunächst schaufelten wir schweigend die lebensnotwendigen Nährstoffe in uns hinein, aber anscheinend hatten alle nach Abschluss des opulenten Mahls genügend Zeit, ein bisschen zu verweilen. „Ich hole uns einen Kaffee“, sagte eine der Studentinnen und erhob sich. Unerwarteterweise fragte sie in meine Richtung: „Möchtest du auch einen?"

„Oh, gern." Ich wollte mein Portemonnaie zücken, aber ein abweisender Wink beschied mir, es stecken zu lassen. „Das liegt drin", beruhigte sie mich.

Ich sah die drei Verbliebenen an. „Sehr nett, danke. Seid ihr in derselben Fakultät im selben Semester?"

„Überhaupt nicht. Wir sind Geschwister."

„Das hätte ich nicht vermutet. Ihr seid ja ungefähr gleich alt und richtig ähnlich seht ihr euch nicht", bemerkte ich und war mir unsicher, ob ich nicht in ein Fettnäpfchen getreten war.

„Wir haben ja auch alle verschiedene Mütter …"

„Demnach aber denselben Vater?!"

„Das war wohl nicht schwer zu erraten."

„Naja, ein bisschen ungewöhnlich ist eine solche Konstellation schon. Ich meine, euer Pa muss ja ein toller Hecht gewesen sein. Da lief wohl alles mehr oder weniger parallel?"

„Du wirst's nicht glauben: Wir sind alle am selben Tag zur Welt gekommen. Das ist übrigens Ursula, genannt Uschi, und das Frank. Ich bin Heinz und …" der Sprecher wies mit der Hand auf die in diesem Augenblick zurückkehrende Schwester „… Susanna, genannt Susan."

Susanne setzte ihr Tablett ab und ergänzte: „Bitte nicht Susi. Das kommt vom lateinischen sus, das Schwein, und ist der Dativ. Susi bedeutet folglich dem Schwein und gefällt mir nicht."

„Da pflichte ich dir bei." Alle nahmen ihr Porzellan an sich. Keine einzige Untertasse war mit einer Pfütze verziert. Ich schaute Susan anerkennend an. „Kellnerst du als Nebenjob?"

Sie lachte. „Anscheinend erfolgreich. Ein bisschen Übung bekommt man, wenn man das täglich macht."

Während Uschi Geographie, Philosophie und Germanistik als Lehramt, Heinz Jura und Frank Archäologie und Kunstgeschichte studiert, treibt sich Susan als Physikstudentin unweit meiner Fakultät herum. „Wir haben selten Gelegenheit, zusammen in Poppelsdorf zu Mittag zu essen", erklärte Heinz überflüssigerweise.

„Dann könnten wir uns ja ab und zu hier treffen", rutschte mir, zu Susan gewandt, heraus, bevor ich mich zu stoppen vermochte. Zu meiner Überraschung erhielt ich ein zwangloses „gern, warum nicht?" zur Antwort.

Als ich ins AVZ, ins Allgemeine Verfügungszentrum zu meinem nächsten Seminar aufbrach, hatten wir unsere Mobilfunknummern ausgetauscht. Ich sah mich vorsichtig um und, als ich mich allein fand, verpasste meinem Gerät, auf dem ich die glühend heiße Information gespeichert hatte, einen Schmatz auf sein fassungsloses Display. Zum ersten Mal ein Kontakt zu einer grandiosen Frau nur für mich!

●

Zunächst blieb es bei einigen gemeinsamen Mittagessen mit Susan, während denen wir uns über belanglose Themen unterhielten. Ich war mir unsicher, ob sie unser Beisammensein als studentisches Geplänkel auffasste oder auf einen Angriff meinerseits wartete. Und falls sie einen Angriff erwartete, hätte ich nicht gewusst, wie ich ihn angehen sollte.

Die Chance ergab sich, als wir entdeckten, dass wir beide Analysis belegt hatten, allerdings in verschiedenen Kursen. Physikerinnen und Informatiker kommen um die Mathematik nicht herum, was mir gleich hätte aufgehen müssen. „Soll ich versuchen zu wechseln?" fragte ich aus einem Impuls heraus.

„Meinst du, das geht?"

„Wenn ich's nicht versuche, nicht."

Es erwies sich als möglich. Natürlich war der neue Kurs anders verlaufen als mein bisheriger und ich hatte auf einigen Gebieten einen Vorsprung, auf anderen einen Rückstand zu verzeichnen, den ich mir einzubüffeln hatte. „Wenn du Lust hast, kommst du nachher mit auf meine Bude", bot Susan an, „dann versuche ich deine Defizite aufzufüllen." Hatte ich erwähnt, dass sie eine Einserkandidatin ist? Ich für meinen Teil hatte nichts weniger als das erwartet.

Ihre ‚Bude' sah aus, wie eine Studentenbude aussieht. WC und Dusche auf dem Flur, aber wenigstens ein Waschbecken in einer Ecke. In einer anderen Ecke ein Bett. In einer Nische mit eigenem Fenster befand sich eine Kochnische mit Tisch und zwei Stühlen. Die einzige freie Wand verdeckte ein Schrank. Das Arbeitsarrangement – Büro- und Besucherstuhl sowie Schreibtisch mit Laptop drauf – war vor das Fenster platziert. Daneben hing ein Regal mit nur wenigen Büchern darauf. Moderne Studenten brauchen längst nicht mehr so viel Gedrucktes wie unsere Eltern, denn alles Wissen der Welt ist heute ja online verfügbar. Wenigstens stand an der letzten verbliebenen Wand ein Sofa, wenn es sich Bewohnerin und Besucher ein wenig gemütlich machen wollten.

„Dass du nicht zu Hause wohnst?! Da hättest du's sicher viel komfortabler. Ich meine, ihr kommt doch alle aus Brühl. Das ist nur wenige Stationen mit der Line 18 entfernt." Ich versuchte in meine Worte geringstmögliche Kritik hineinzulegen.

„Das wollten wir alle Vier nicht und unsere Mütter haben uns auch abgeraten. Zu Hause zu wohnen bedeutet, nicht wirklich Student zu sein."

Hatte ich das wiederum als Kritik zu werten? „Weißt du, wir – meine Mutter und ich – sind ja wirklich Bonner. Meine Bude läge eventuell vom Studienort weiter entfernt als mein Heimathafen."

„Das sollte kein Vorwurf sein." Susan hatte sehr wohl den entschuldigenden Unterton meiner Antwort herausgehört. „Egal. Wollen wir zunächst zum Fachlichen schreiten."

Als mein Kopf zu platzen drohte, hörten wir auf und verschoben weitere Übungsschritte auf das nächste Mal, sodass endlich das Sofa zum Zug kam. Es blieb uns nichts weiter übrig als uns nebeneinander zu setzen. Mir war klar, dass ein Angriff auf ihre Unschuld (?) jetzt oder nie zu erfolgen hatte. Ich legte meinen Arm so über die Lehne, dass ich ihre Schulter berührte.

„Weißt du, dass du meinem Frauenarzt ähnlich siehst?"

„Du schon beim Frauenarzt?"

„Ich muss mir doch die ‚Pille' verschreiben lassen; einfach so kriege ich sie nicht."

Die Pille! Eines direkteren Hinweises bedurfte es nicht, das war sogar mir als Naivling klar. Versuchshalber drückte ich auf Susans Armkugel und, als keinerlei Protest und kein Versuch erfolgte, mich abzuwehren, setzte ich mich unmittelbar neben sie. Zunächst streichelte ich ihre Wangen, dann küsste ich sie. Ich gewährte meinen Lippen Zeit, zu ihrem Mund zu finden, denn ein zartes Vorspiel mögen auch die draufgängerischsten Frauen, das hatte Mama mir einmal anvertraut. Bald saß Susan auf meinem Schoß, damit unsere Gesichter zu unmittelbarer Nähe fanden. Mein linker Arm umfing ihren gertengleichen Oberkörper, während meine rechte Hand auf der Suche nach einem Halt zunächst ziellos umherirrte. Nach einer Weile entdeckte sie, dass sich Susans Vorbau dafür wie von selbst anbot. Seine Besitzerin wiederum tat, als merke sie nicht, wie ich an ihren Brüsten herumknetete und sie kraulte.

Nun waren meine Lenden dem Druck von Susans Lebendgewicht ausgesetzt. Spätestens, als unsere Zungen sich anschickten, die gegnerische Rachenhöhle zu erforschen, merkte ich, dass meine mittlere Etage unter Stress geriet. Was tun? Susan half mir. „Hast du schon mal …?" hauchte sie, als unsere Münder kurz voneinander abließen.

„Nein. Du?"

„Ich fürchte, wir werden bei Adam und Eva anfangen müssen. Auf jeden Fall lege ich ein Handtuch aufs Bett, denn wir veranstalten gleich eine Riesensauerei."

Als Erstversuch sahen wir von raffinierten Varianten ab. Wir zogen uns aus und Susan legte sich auf dem vorbereiteten Handtuch in Positur, will meinen mit einem Lächeln, einladend geöffneten Armen und noch einladender geöffneten Schenkeln, die sie als zusätzliche Animation leicht nach außen gebogen hatte. Irgendwie wissen Frauen instinktiv, wie sie sich lasziv hinzudrapieren haben.

Zum Glück dachte ich nichts, denn Nachdenken führt bei einem Mann unter Umständen zum Rückzug seiner Erregung. Ohne Nachdenken hielt sich das Ding steif, bis ich mich über dem verlockenden weiblichen Körper ausstreckte und meine Vorhaut zurückschob. Als es eindrang, beugte Susan ihre Knie und ihre Fersen trommelten auf meinen Rücken, während sie ein wohldosiertes Arsenal an Luststöhnen und Gekicher von sich gab. Ich bin nicht überzeugt, dass sie während unseres ‚Ersten' ein Orgasmus durchschüttelte, aber wenn nicht, hatte sie ihn wunderbar geschauspielert. Immerhin war sie ausreichend erregt, sodass ihre haarumkränzte Enge genügend Feuchtigkeit für den Empfang einer Stippvisite gebildet hatte. Seit wir beide mehr Übung haben, weiß ich genau, wie sie hochzubringen ist. Als I-Tüpfelchen merkte ich rasch, wie sie es genießt, belutscht zu werden. Den Gefallen tue ich ihr natürlich bei passender Gelegenheit gern.

●

Der Begriff ‚Verlobung' ist aus der Mode gekommen und auch Verlobungsringe finden kaum mehr Absatz. Nichtsdestoweniger waren Susan und ich nunmehr ein Paar, was zumindest ihre Geschwister mit Wohlwollen vernahmen. Langsam wurde es Zeit, unsere Eltern einzuweihen. „Hast du endlich mal eine flachgelegt?!" war der trockene Kommentar meiner Mutter.

„Aber Mama!" Meine Empörung war keineswegs gespielt.

Susan lachte. „Lass' gut sein, Maurice. Meine Mama Rita ist auch nicht anders und war in ihrer Jugend wohl ein wahrer Feger. Und dir, Rebecca, vertraue ich an, dass ich mich selbst flachgelegt habe, um zum Ziel zu gelangen."

„Nimm's mir nicht übel, Susan", lenkte meine Mutter ein, „manchmal geht der Gaul mit mir durch. Ich meine es aber nicht böse. Herzlich willkommen im Kreis unserer kleinen Familie."

Dann war es an der Zeit für einen Gegenbesuch. Während der Fahrt mit der Linie 18 nach Badorf schwiegen Susan und ich weitgehend, aber auf dem steilen Fußmarsch zum Dorfkern sprach Susan ein Thema an, das wir bisher stillschweigend ausgespart hatten. „Ich bin ja Sprössling einer heilen Welt", erklärte sie schnaufend, „denn Rita und Frowin sind ein biederes Ehepaar mit keinen größeren Zerwürfnissen, als sie in allen Familien vorkommen. Wusstest du aber, dass meine Geschwister Abkömmlinge von Lesben sind?"

Ich warf Susan einen verstohlenen Blick von der Seite zu. „Ab und zu gaben sie Andeutungen von sich. Ich habe mir ein bisschen zusammengereimt, ohne darüber allzu tiefschürfend nachzudenken. Im Grunde geht's mich ja auch nichts an."

„Sie machen aus ihren Herzen keine Mördergrube. Andrea und Jacqueline, die Mütter von Heinz und Uschi, bilden eine offizielle Lebensgemeinschaft, während es Franks Mutter Felicitas ab und zu mit Frowin, meinem Papa treibt – mit Mamas Einverständnis wohlgemerkt. Bei Feli schränke ich den Begriff Lesbe ein, denn sie ist bisexuell veranlagt."

Wie verlangsamten unsere Schritte, denn bergauf gehen und reden kommt der Erschöpfung zugute. „Und Frowin ist euer aller Vater?"

„Ja. Lesben wie auch Schwule mit Kinderwunsch haben ein Problem, nämlich das Wie. Eines Tages fragten alle Drei – Feli, Jacci und Andrea – Frowin unverblümt an, ob er sie schwängern würde, denn sie hielten seine Gene für brauchbar. Das heißt, mit Andrea lief auch das ein wenig anders, aber diese Details spielen für das Gesamtergebnis keine Geige."

Wir waren vor der Haustür von Susans Elternhaus angelangt. „Das alles liegt offen, auch meiner Mutter. Es gibt keine Tabus in unserem Haushalt, über die nicht gesprochen werden darf."

Während sie in ihrer bodenlosen Handtasche nach dem Schlüssel kramte, seufzte ich. „Wie dankbar wäre ich, wäre bei mir alles genauso klar. Leider war meine Mama bisher nicht bereit, mir den Namen meines Vaters zu nennen. Ich verhehle nicht, dass ich darüber sauer bin."

Susan gab den Eingang frei. Diesmal oblag ihr, mir einen weniger verstohlenen Seitenblick zuzuwerfen. „Behauptet sie denn, sie wüsste es nicht?"

„Wenigstens das versucht sie mir nicht vorzugaukeln. Das wäre auch unglaubwürdig, denn schließlich ist sie Frauenärztin."

Rita und Frowin erwiesen sich als das nette Ehepaar von nebenan, wie es einschlägige Frauenzeitschriften gern als mustergültig vorführen. Die von Susan angedeutete Freizügigkeit ihrer Eltern war diesen mit keiner Faser anzumerken. Erst als wir uns auf ihrem Zimmer allein befanden, berichtete sie mir glucksend von gewissen Eskapaden ihrer Eltern. „Mama lässt sich ganz gern von Papa den Hintern versohlen. Spanking nennt man das auf Neudeutsch und darf nicht als häusliche Gewalt fehlinterpretiert werden." Ihr Glucksen verstärkte sich. „Sie glauben allen Ernstes, ich kriege das nicht mit, wenn ich zu Hause bin. Was soll's; wenn beide ihren Spaß daran haben, geht es in Ordnung."

Bald schlug sie ein Thema an, das sie kurz vor unserem ersten Geschlechtsakt angeschnitten, ich jedoch verdrängt hatte. „Nächste Woche habe ich einen Termin bei meinem Frauenarzt, Doktor Charlie Armbruster, um mir neue Pillen verschreiben zu lassen. Da solltest du mitgehen. Du erinnerst dich, was ich über ihn gesagt habe?"

„Ja. Mir kommt eine vage Ähnlichkeit allerdings vager als vage vor."

„Ich behaupte ja nicht, dass es so sein muss. Ich möchte dir nur Gelegenheit geben, dich zu vergewissern."

Wir betraten zu zweit das Sprechzimmer. „Ich möchte Ihnen meinen Freund Maurice vorstellen, Herr Doktor", verkündete Susan dem verblüfften Arzt. „Er weiß, wie ich unten herum aussehe, und ich habe ihn gebeten, bei der Untersuchung zugegen zu sein."

Dr. Armbruster sah mich irritiert an. Seine Physiognomie ähnelte tatsächlich der meinen und auch er schien das zu bemerken. Das musste indes nichts zu bedeuten haben. Ich reichte ihm die Hand und fragte: „Sind Sie Schweizer? Dort, im Land der Armbrüste, und vorzugsweise in Zürich, sind die Armbrusters recht geläufig."

„Mein Großvater war Zürcher, gut erkannt. Unsere männliche Linie lebt allerdings seit zwei Generationen im Rheinland."

Während Susan sich auf dem gynäkologischen Folterinstrument, beschönigend als Behandlungsstuhl bezeichnet, zurechtrückte, fragte ich wie nebenbei: „Mein Nachname lautet übrigens Leharte. Sagt Ihnen der etwas?"

Den Arzt durchfuhr ein derart sichtbarer Ruck, dass er davon Abstand nahm, das Offensichtliche abzustreiten. „Hm, ja, ich hatte für eine kurze Zeit eine Freundin, die so hieß."

Ich hielt die Zeit für gekommen, mein Trumpf-Ass aus dem Ärmel zu ziehen. „Könnte es sein, dass Sie mein leiblicher Vater sind?"

Susans Untersuchung war vergessen. „Heute Abend gegen Acht sollte ich die letzte Patientin durchhaben. Klingeln Sie einfach neben dem Schild, auf dem ‚Privat' steht."

●

Susan und ich klingelten bei ‚Privat‘. Eine Frau öffnete uns, die im gleichen Alter wie unsere Mütter zu sein schien. „Ah, Charlie hat Sie angekündigt“, sagte sie und ließ uns ein. „Zweite Tür links“, wies sie uns an, „dort erwartet er Sie.“

‚Charlie‘ erhob sich höflich bei unserem Eintritt und gab uns beiden die Hand. Wir überbrückten die Zeit, bis die Hausfrau mit vier Flaschen Bier und passenden Gläsern hereinkam, mit einem Verlegenheits-Smalltalk.

„Eins ist alkoholfrei, weil einer von Ihnen wahrscheinlich noch fahren muss“, unterbrach sie unser Geplänkel.

„Das ist meine Gattin Louise“, stellte Charlie sie vor. „Da wir gleich einige intime Themen anschneiden werden, ist mir ein Anliegen, dass sie dabei ist.“

„Selbstverständlich.“ Anscheinend haben Frowin und Charlie einen deckungsgleichen Geschmack, denn Louise und Rita ähneln sich frappant, vor allem, was ihr bis heute erhaltenes attraktives Äußere betrifft. Ihre feingeschnittenen Linien sprechen Männer an, für die eine Frau ein zartes, schützenswertes Wesen zu sein hat. Meine Mutter hingegen deckt eher die Bedürfnisse derer ab, die herberer Schönheit zugetan sind und es schätzen, wenn eine Frau zupacken kann und es gegebenenfalls auch tut.

„Unsere Beziehung, das heißt die zwischen Ihrer Mutter und mir, endete abrupt, nachdem ich Louise kennengelernt hatte“, eröffnete Charlie das Gespräch. „Sie werden von mir keinerlei Schuldzuweisungen zu hören bekommen, aber auch nicht, unter welch‘ obskuren Umständen unsere …“ der Arzt wies auf Louise „… Verkuppelung stattfand. Ich verwende das Wort mit Absicht und bitte Sie, Herr Leharte, Ihre Mutter zu fragen, wenn Sie Näheres erfahren möchten. Von meiner Seite setze ich einzig hinzu, dass ich über Rebeccas Intrige – Entschuldigung! – mehr als glücklich war und bis heute bin.“

Also doch eine Schuldzuweisung, wenn auch eine indirekte. Als ich das Wort ergriff, ging ich darüber hinweg. „Gut. Dann bescheide ich mich mit dieser Aussage. Eins möchte ich dennoch wissen: Hat sie gegenüber Ihnen nie etwas von einer Schwangerschaft gesagt? Zeitlich müsste es doch passen."

„Wir haben uns nach jener denkwürdigen Wanderung entlang des Ahr-Höhenwegs nie wieder gesehen. Deswegen habe ich auch nicht vermutet, dass Rebecca Mutter geworden ist, denn dann hätte sie garantiert Forderungen gestellt – finanzieller Art, meine ich."

„Dann haben Sie meine Mutter schlecht kennengelernt. Sie ist ja ebenfalls Frauenärztin und gehört keineswegs zu den Armen im Lande."

„Dass Sie sich nicht täuschen. So schlecht kenne ich sie nicht. Die eingetretene Situation haben wir allerdings nicht durchgespielt, obwohl wir eine Zeit lang ein Paar und zusammen in einem Motorradklub waren. Dort haben wir uns auch gefunden."

„Das passt wiederum. Mutter in Leder auf einer schweren Maschine, das ist 'was für sie. Anscheinend hat sie aber all' dem abgeschworen, als sie merkte, dass sie schwanger war."

„Stimmt. Sie trat aus dem Klub aus und verschwand spurlos. Gut, ich wusste ihren Namen und dass sie in Bonn praktiziert und hätte sie wiedergefunden, hätte ich Wert darauf gelegt. Das war allerdings nicht der Fall. Dafür war ich mit meiner Louise zu glücklich." Charlie warf seiner Ehegattin einen liebevollen Blick zu. „Würde es dich treffen, Liebste, wenn ich tatsächlich einen Sohn hätte, der nicht von dir ist?"

Zum ersten Mal äußerte sich die Angesprochene in der Sache. „Unsinn, Charlie. Wir waren beide nicht unschuldig, als wir uns aufeinander einließen. Da kann so etwas passieren." Ihre Mundwinkel umspielte ein süffisantes Lächeln, als sie fortfuhr: „Ich versichere dir meinerseits, dass ich keine Tochter und keinen Sohn habe, von der beziehungsweise dem ich nichts weiß."

Wir stimmten gerade in das Lachen ein, als Geräusche auf dem Flur erklangen. „Oh", sagte Charlie überrascht, „unsere Töchter. So früh zu Hause?"

Die Wohnzimmertür öffnete sich und zwei atemberaubende weibliche Wesen traten ein. Sie hatten zwar normale Jeans und T-Shirts an, aber im Geist sah ich sie in knackengen Lederminis und Netztops. Ich hatte zwar vermieden, meine beiden Stürmerinnen in der bewussten Szenekneipe bei mir ums Eck genau anzuschauen, aber die Erinnerung kochte sofort hoch. Als beide „hallo" in die Runde riefen und ihre Stimmen das Puzzle vervollständigten, war jeder Zweifel ausgeräumt. Dann verstummten sie schlagartig, denn sie hatten mich wahrgenommen und ebenso erkannt.

Papa Charlie entging das und er stellte zunächst uns und dann seine Töchter vor. „Maja und Melissa."

Susan, die von unserer delikaten Minutenbeziehung nichts wusste, fragte harmlos: „Seid ihr Zwillinge? Ihr sehr euch recht ähnlich."

„Sind wir." Melissa hatte einige Sekunden gebraucht, um sich zu einer Antwort aufzuraffen.

„Aber keine eineiigen. Ihr seht euch ähnlich, aber nicht wie ein Ei dem anderen, wie man so schön sagt."

„Genauso richtig. Wir haben auch unterschiedliche Neigungen und Abneigungen." Erich Kästners Kinderbuch ‚Das doppelte Lottchen' baut auf dem gedanklichen Fehler auf, dass sich Luise und Lotte zwar wie aus dem Gesicht geschnitten ähneln, aber charakterlich unterschiedlich sind. Das ist bei eineiigen Zwillingen nie der Fall, da sie genetisch identisch sind; selbst nach jahrzehntelanger Trennung mit unterschiedlichen Erfahrungen verhalten sie sich, mit derselben Situation konfrontiert, gleich. Das muss bei zweieiigen nicht der Fall sein. Halten wir Kästner zugute, dass er das nicht gewusst haben konnte, denn Forschungen zur Humangenetik existierten 1949 noch nicht. Immerhin hat er mit den beiden beeindruckenden Mädchenfiguren seiner Lebensgefährtin Luiselotte Enderle, die er zwar als Stütze schätzte, aber nie als Frau fürs Leben anerkannte, ein bescheidenes Denkmal gesetzt.

Ich sagte an dem Abend nicht mehr viel. Nachdem uns Louise und Charlie das ‚Du‘ angeboten hatte, einigten wir uns darauf, dass ich meine Mutter direkt fragen sollte, was es mit Charlies Vaterschaft auf sich habe. Sollte sie sie zugeben, wäre auch er bereit, sie anzuerkennen.

Als wir uns verabschiedeten, tauchte Melissa wie ein Geist kurz auf und fragte flüsternd: „Am Freitag um Acht im … Du weißt schon?!"

„Okay", stimmte ich zu.

●

Meinen Teil der Abmachung machte ich am nächsten Tag wahr. Ich versuchte, meine Mutter nicht zu überrumpeln, als sie gerade Geschirr spülte, denn dabei hätte viel wertvolles Porzellan zerschlagen werden können. Ich hatte das Gefühl, als merke sie, dass ich etwas Besonderes von ihr wollte, denn sie sah mich während längerer Zeit fragend an. „Was ist los?" fragte sie unvermittelt. Mütter mit ihrem sechsten Sinn!

„Sagt dir der Name Dr. Karl Armbruster 'was?"

Rebecca antwortete mir nicht direkt, sondern senkte den Kopf und sagte: „Du hast's also herausgefunden."

„Dank Susan. Er ist ihr Arzt und sie meinte, er sähe mir so ähnlich, dass das kein Zufall sein könne."

Mutter sah mich mit fester Miene an. „Hast du mit ihm gesprochen?"

„Ja. Er schien sehr überrascht, erinnert sich sehr gut an dich und hält für durchaus möglich, dass er mein Vater ist. Er sieht mir tatsächlich sehr ähnlich, während seine Töchter Maja und Melissa eher ihrer Mutter Louise nachgeschlagen sind – zumindest äußerlich."

„Und Louise? Was sagt sie? Oder hat er sie da 'raus gehalten?"

„Keineswegs. Sie hat nur gemeint, wenn es so ist, ist es so. Ihr Eheglück steht durch die späte Erkenntnis nicht auf dem Spiel. Ich weiß nicht, ob du im Nachhinein Unterhaltsforderungen …"

„Quatsch! Dann hätte ich das längst getan."

Ich kniete mich neben meine Mutter auf den Boden. „Mama, warum hast du mir nie mitteilen wollen, wer mein Papa ist? Er ist doch kein schlechter Mensch!"

„Nein, ist er nicht. Ich hatte ihn loswerden wollen, weil er mir zu langweilig war, und ihn an Louise weitergegeben. Die war auf einen Kerl aus, der sie auf Händen trägt."

„Aber dich zu schwängern war er gut genug?! Erzähl' mir bitte nicht, dass ich ein Unfall bin. Eine Frauenärztin weiß doch genau, was zu tun ist, wenn sie in Umstände kommen will – oder eben nicht."

Meine Mutter stieß einen tiefen Seufzer aus. „Das kann ich dir schlecht erklären. Ich war eine echte Rampensau, die es mit allen trieb, die mir etwas zu bieten hatten. Das waren allerdings keine Kerle, deren Gene ich meinem Kind weitergegeben wissen mochte. Die, für die das zutrifft – wie Karl – sind wiederum Brave, mit denen ich kein Leben zubringen mochte. Aus diesem Dilemma finde ich nicht und fand nie heraus."

„Langweiler?"

„Das Wort vermeide ich."

„Wie ich?"

Jetzt brauste sie auf. „Maurice! Warum, meinst du, versuche ich dir klarzumachen, was leben bedeutet, seitdem du weißt, was ein Mädchen ist? Mit Susan scheint es ja endlich ansatzweise zu klappen."

●

Der Freitag nahte unerbittlich und je näher er rückte, desto größeres Herzklopfen erzeugte er in mir. Andererseits hatten sich die beiden vermeintlichen – oder echten? – Nutten nunmehr als meine Halbschwestern entpuppt und es standen keine Eskapaden mit ungewissem Ausgang zu befürchten. Susan hatte ich über mein Treffen informiert und sie hegte keinen Argwohn – Geschwistertreff eben.

Sie waren pünktlich und wir besetzten einen Dreiertisch. Die heiße Bedienung war erstaunt, denn mich je wiederzusehen hätte sie nicht geglaubt; weil Maja und Melissa gern gesehene Stammkundinnen sind, war für sie alles in Ordnung. Sie waren nicht ganz so aufreizend aufgetakelt wie bei unserer denkwürdigen ersten Begegnung, aber ihre Jeansminis mit schwarzen Netzstrümpfen darunter gingen als Blickfang durch. Oben herum zierten sie sich zwar nicht mit transparenten Blusen, aber knappe T-Shirts machen je nach Oberweite auch etwas her. Und davon hatten sie genug zu bieten – von Oberweite, meine ich.

„Wieso hast du dich damals benommen wie in Panik?" fragte mich Maja zum Auftakt.

„Weil ich in Panik war", bekannte ich freimütig.

„So schrecklich sehen wir hoffentlich nicht aus."

„Eher zu gut. Ich fühlte mich jedenfalls überrumpelt."

Maja sah vorwurfsvoll zu Melissa hinüber. „Ich sag' dir doch immer, dass wir zu draufgängerisch sind. Kerle sind scheu wie Rehe und schreckhaft wie Spatzen, dabei sollen wir Frauen vorschützen, als wären wir das. Sie wollen mühsam erobern, sonst betrachten sie ihre Eroberung als wertlos." Zu mir gewandt fügte sie hinzu: „Du hast uns ganz schön in Verlegenheit gebracht. Alles im Lokal kicherte und wir standen da wie vollverarscht …"

„… was wir ja auch waren", fügte Melissa hinzu.

„Das tut mir angesichts der neuen Situation leid. Fandet ihr mich denn wirklich gut oder wolltet ihr mich bloß verschaukeln?"

„Naja, wir spielen gern. Wenn's was wird, wird's 'was, wenn nicht, dann nicht."

Ich vermochte ein Lachen nicht zu unterdrücken. „Haben uns unsere Eltern verwechselt? Ich bin zwar euer Vaters Sohn, aber ihr könntet die Töchter meiner Mutter sein. Vorausgesetzt, sie war tatsächlich der Feger, als den sie sich immer ausgibt."

Jetzt lachten auch Maja und Melissa. „Es ist alles schon vorgekommen. Fast. Dass Mütter werfen, ohne es zu merken, kann man allerdings ausschließen."

Wir unterhielten uns eine ganze Weile über belanglose Dinge, als ein Typ auftauchte, der Maja auf die Schulter tippte. „Hallo, Süße. Denkst du an mich?"

„Klar, Walo. Deshalb bin ich hier. Das sind meine Schwester Melissa und das mein Bruder Maurice. Jetzt lass' uns gehen."

Ich sah ihr verblüfft hinterher. „Nicht, dass ich eifersüchtig wäre, aber …"

„Sie war verabredet."

„Und ganz schnell weg."

„Sie juckt's halt."

„Was meinst du damit?"

Melissa sah mich an wie ein Zootier. „Ihre Muschi füttern."

„Äh …?"

„Na, sich ficken lassen. Verstehst du das? Komm, gehen wir zu dir."

„Wenn du meine Mutter kennenlernen möchtest, ist heute der falsche Tag. Unmittelbar nachdem ich ihr eröffnet hatte, dass ich meinen Papa kennengelernt habe, brach sie zu einer Ärztetagung nach Berlin auf, von dem sie erst morgen früh per Nachtzug zurückkommt."

„Umso besser."

Trotz Melissas kryptischer Aussage ließ ich zu, dass sie mich nach Hause begleitete. Zunächst köpfte ich zwei Bier aus dem Kühlschrank, mit deren Inhalt wir unseren Alkoholpegel im einige weitere Zehntelpromille anreicherten.

„Bist du eigentlich mit dem Auto in Bonn?"

„Nein. Wenn's soweit ist, nehme ich ein Taxi. Wenn's …"

„Was meinst du damit?"

„Das scheint heute Abend deine Lieblingsfloskel zu sein. Ich zeig's dir." Mit diesen Worten bückte sich Melissa über den Küchentisch, schob ihren Rock über die Hüfte und den Stoff ihres rosafarbenen Höschens über die rückwärtigen Rundungen, sodass diese freilagen. „Bereit zum Spanken", kommandierte sie, „leg' los!"

„Aber Meli, wir sind Geschwister."

„Na und? Auch Geschwister verhauen sich gelegentlich." Sie holte aus und versetzte sich einen heftigen Schlag auf ihre rechte Pobacke. „Schinkenklopfen sowieso. Du siehst bestimmt einen schönen rosafarbenen Fleck. Fühl' doch mal, wieviel Wärme er abstrahlt."

Das musste ich zugeben. Melissa triumphierte: „Dann los, auf zum lustigen Schinkenklopfen. Hab' dich nicht so!"

Ich wäre nie auf eine solche Idee gekommen, aber Spanking bereitet wirklich Spaß. Wie herrlich Melissas Polster wackelten und wie sie bei jedem KLATSCH! vor Vergnügen jauchzte! Das Rosa ihrer Haut verdunkelte sich zusehends und glich sich immer mehr der Tönung ihres Höschens an. Nach ungefähr 40 Zuwendungen hielt ich inne. „Genug, liebes Schwesterherz?"

„Nö, mach' weiter. Es brennt bereits recht gut, aber noch nicht perfekt."

„Dass du nie ‚aua!' rufst?!"

„Mir wäre schon danach, aber ich möchte dich keinesfalls erschrecken. Ich lass' deshalb mein Wehgeschrei wie Gelächter klingen."

Ich grinste. „Wie du willst." Als ich nach ungefähr 80 abließ, nicht zuletzt, weil meine Hand zu schmerzen begann, leuchtete der lieben Schwester Po wie das Rücklicht eines schweren Lastkraftwagens.

Melissa seufzte und verharrte eine Weile in der Position, die sie sich zum Empfang der Züchtigung selbst verordnet hatte. Dann griff sie nach hinten, fummelte an ihrem Slip herum, bis er zu Boden fiel, und spreizte die Beine. „Na los!" forderte sie mich erneut auf.

„Aber Meli. Denk dran ..."

„Geschwister, papperlapapp! Erstens nur Halbgeschwister und dann soll man jede Chance ergreifen, die sich auftut. Bis vor wenigen Tagen haben wir uns ja noch gar nicht gekannt. Du wirst sehen, wie geil es ist, über einem glühenden Arsch zu ejakulieren. Das wurde mir mehrfach begeistert bestätigt."

Ein Mann kann nicht anders, wenn ihm eine weibliche Öffnung so auf dem Silbertablett präsentiert wird. Ich gebe zu, dass Melissas Prophezeiung zutraf und mir – und hoffentlich auch ihr – einen in seiner Intensität nie gekannten mehrfachen Abgang verschaffte. Ich äußerte mich entsprechend und sparte nicht mit Lob. Ob ich meine Susan zum Spanken würde überreden können? Hatte sie nicht erzählt, dass ihre Mutter Rita solche Neigungen pflegte? Mal sehen ...

Nachdem wir alle Spuren ihrer Anwesenheit getilgt hatten, nahm Melissa die erste 18er am Morgen nach Brühl, gerade rechtzeitig, bevor meine Mutter von ihrer Tagung zurückkehrte.

Unser Ringelpiez mit Anfassen während der vergangenen Nacht muss auf jeden Fall unter uns bleiben, mein Schwesterherz! Mit traumwandlerischer Sicherheit weiß ich, dass auch du das so siehst.

Abgesang

Das, liebe Leser und auch -innen,
war's. 60 sind es und die bleiben
zum Ergötzen und Erinnern
derer, die gerne sich an Schmerzen weiden.

Die freudig' Herzens hoch erbeten
und auch erbettelt worden sind.
Erbeten von der Hand des Gebers,
erbettelt von der Lust des Sinn's.

Hochwillkommen jeder Hieb,
der geführt zu ihrem Willen
und erwachsen eig'nem Trieb,
weit besser als der Ärzte Pillen.

Rosa Po, verhalt'nes Brennen
gilt als Zeichens ihres Sieges
stolzen Herzens zu benennen
alle Sehnsucht ihres Triebes.

Nur für Erwachs'ne heißt die Regel;
keinesfalls hilflose Junge spanken
– und fänden die's auch noch so kregel! –,
so ist's und bleibt's in ehrbar' Schranken.

Ich wünsche Euch nun schöne Träume
bei allerlei lustigen Spielen,
damit kein Paar je mehr versäume
was Spaß heißt heute und hinieden.